读者
毕业季

我们是比夏天还热烈的篇章

MORE LOVELY AND MORE TEMPERATE

读者丛书编辑组 ◎ 编

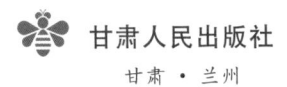

甘肃人民出版社

甘肃·兰州

图书在版编目（CIP）数据

我们是比夏天还热烈的篇章 / 读者丛书编辑组编. -- 兰州：甘肃人民出版社，2024.4（2025.6重印）
ISBN 978-7-226-06083-4

Ⅰ.①我… Ⅱ.①读… Ⅲ.①散文集－中国－当代 Ⅳ.①I267

中国国家版本馆CIP数据核字(2024)第072291号

策　　划：原彦平
责任编辑：程　卓
创意执行：屈　滟　王　蓉
封面设计：孔庆明珠

我们是比夏天还热烈的篇章
WOMEN SHI BI XIATIAN HAI RELIE DE PIANZHANG
读者丛书编辑组　编

甘肃人民出版社出版发行
（730030　兰州市读者大道568号）
天津睿和印艺科技有限公司印刷

开本 889毫米×1194毫米　1/32　印张 6.25　插页 3　字数 115千
2024年4月第1版　2025年6月第2次印刷
ISBN 978-7-226-06083-4　　定价：48.00元

目 录
CONTENTS

001 最后一堂语文课 / 德川咪咪
005 那些年的童年记忆：课间10分钟
　　 / 赵　恺
013 一个贫困生的10年 / 黄振乾
018 夏老师的情义 / 明前茶
024 录取通知书 / 廖天锡
028 观音老师 / 马　良
032 人生是时时刻刻的体验 / 施一公
038 毕业纪念册 / 余　斌
042 离开小镇的夏天 / 路　明
048 史铁生同学 / 乔维里
052 深山里的诗歌课 / 焦晶娴
062 菜园里的教育 / 郁喆隽

064 父亲头上的雪 / 李柏林

067 送别 / 童庆炳

070 蝉的话 / 徐国能

073 读加缪的异乡人 / 严　飞

082 择人瓶子论
　　　/ 刘　润　万　青 / 整理

085 你是否在"赶生活" / 采　铜

087 生命的秘密 / 裘山山

090 人生是含泪的微笑 / 米　哈

093 破题天才 / 星　亮

099 能否好好说再见 / 焦晶娴

104 体操队 / 闫　红

110 小兰高考 / 黄希好

115 十年繁星 / 虢　雪

124 在更广阔的世界"成为自己"
　　　/ 张　丰

127 只需努力，无问西东 / 李　玥

133 思维的成人礼 / 刘军强

138 青春镶火锅 / 曾　颖

142 远方是药也是病 / 陈海贤

145 沾衣欲湿杏花雨 / 肖复兴

153 仪式感 / 明前茶

156 二十年的派克钢笔 / 秦嗣林

160 九字读书法 / 冯　唐

163 出路 / 永　爱

169 解题者丘成桐 / 王京雪　吉　玲

178 最怕匆促 / 曾　颖

181 藏在闲话里的"我爱你" / 甘　北

186 最美的月亮 / 王梦影

190 你说实话，我不生气 / 孙道荣

193 顺势而变 / 香　帅

最后一堂语文课

◎德川咪咪

"关于高考,你印象最深刻的是什么?"

真奇怪,看到这个问题的时候,我想到的是高考前最后一堂语文课。

那时,已是初夏,暖风熏人,各科的考卷多如牛毛。复习课统统成了答疑课,我不听课,借来同学的手机玩泡泡堂。不听课的同学占多数,除了打游戏,也有人睡觉、聊天、自顾自地复习。老师也不管我们,自顾自地讲课。

在那堂语文课上,我偶尔抬头,看到一道阳光将教室一分为二,光柱下有点点碎尘,老师就站在这碎尘之中。她不紧不慢、娓娓而谈,每一粒碎尘都炫目地飞扬着,构成了我高中生活最后的图景。

老师正在分析一篇现代文阅读理解题。这是我在学生时代看

到过的最奇怪的一篇文章,开头便是:

> 我登上一列露天的火车,但不是车,因为不在地上走;像筏,却又不在水上行;像飞机,却没有机舱,而且是一长列;看来像一条自动化的传送带,很长很长,两侧设有栏杆,载满乘客,在云海里驰行。

这段文字句句带着隐喻,仿佛梦呓,作为阅读理解题,让人抓狂。老师问:"你们有谁看懂这篇文章了吗?"

回应者寥寥。当她的目光扫过我时,我赶紧摇头,她便微笑着说:"我不指望你们能看懂,但我非常喜欢它。"

于是,在我高考前的最后一堂语文课上,我的老师倚着讲桌,从杨绛的这篇《孟婆茶》开始,散漫地与我们谈生死。她说,那是一列通向死亡的列车,我们每个人终会登上它。她讲钱瑗和钱锺书的先后离世,"不要害怕死亡,在漫长的生命中,生和死会交换位置,死亡变轻了,而活着才是最沉重的事"。在最后的铃声响起来之前,老师说:"我希望各位能在高考中取得好成绩。但我更希望,当你们背负着越来越沉重的人生往前走时,依然不会失去感受幸福的能力。"

很多年后,我试图回想起当时听到这些话时的心情……我大概是"哼"了一声吧。整个高中阶段,我都觉得,这个语文老师是一个情感细腻得过头的人,总是将生老病死挂在嘴上,总说一些死呀活呀的话,让当时的我很不耐烦。那年我18岁,"中二"倔强、充满朝气、自以为是,死亡对我来说,是一件无法想象的事情。而活着,又怎么可能变成一件沉重的事情呢?

半个月后,高考的最后一门结束了。在走出考场的路上,我看到她和其他老师一起,站在门口送考。人群如潮,我们只有匆匆一会。她见我喜上眉梢,便问:"考得不错?"

当时我点着头,心里想,这一天终于来了,我终于能够抛开过去,抛开那无聊的、课业繁重的每一天。我满心骄傲地计划着:从今天起,我要为了自己的理想快乐地生活。

多奇怪,那么多年过去了,当我回忆起高考时,关于考场的种种印象均已模糊,我只想到了老师在最后一堂语文课上说的那些话。很多年以后,我开始多多少少明白了其中的意思:高考前的人生轻薄如纸,越往后走,生活才越显出复杂与沉重的本来面目。如果有一天我们再相见,我一定要问她:"究竟怎样才不会失去感受幸福的能力?"

可惜我不会再有与她倾心交谈的机会。2012年年初,我的老师于春秋鼎盛之年因病逝世。

在她的追悼会的前一晚,我梦见自己回到高中,穿过人来人往的校园,紫色的花瓣像蝴蝶一般停留在我的肩头,又翩翩而去。我看到老师在人群中出现了,带着微笑,许多学生走上前揽住她,她们并肩走一段,然后又分手。而我在不远处凝望,偶尔她看向这里时,我就招招手,可她并没有回应我,然后在斑斓轻柔的风里消失了。

第二天,我去送她,所有学生都传看着她生前的最后一封信,信里写道:"从知道得病至今,我一直坦然和平静。我总是想,人不能只允许自己遇到好事,不允许自己遇到坏事。当不顺或困境找到我时，我会反问自己，为什么不可以是我？于是就能平静地去面对。"

那天，我看着这几句话，用袖子擦着泪水，却越擦越多。

如今，距离老师去世竟然又过去了3年。每当夜深之际，想起她留下的这些话，我的眼泪依然会夺眶而出。老师啊，倘若你我还会相逢，大约会是在那辆"在云海里驰行"的列车中了，我并未辜负你"在高考中取得好成绩"的第一个希望，想来也不会辜负你的第二个希望：背负着沉重的人生向前走时，依然不会失去感受幸福的能力。

（摘自《读者》2021年第13期）

那些年的童年记忆：课间 10 分钟

◎赵　恺

课间休息，自古有之

"人教版"小学二年级下册的语文课本中收录了清代诗人高鼎的《村居》：

草长莺飞二月天，拂堤杨柳醉春烟。
儿童散学归来早，忙趁东风放纸鸢。

"儿童散学归来早"，意思是放学很早。究竟有多早？诗人没说。与其同一时代的另一位名为石成金的诗人，却留下了一部相当于现在"小学生守则"的《学堂条约》，其中规定了上学和放学的时间："凡馆中子弟，自卯正来学，至酉刻散学。"

中国古人以地支计时，卯时是上午 5:00 到 7:00，卯正即上午6:00；酉时是下午5:00到7:00，酉刻即下午6:00。早上6:00到校，下午6:00放学，学生每天在校时间是12小时。跟现在的小学生比起来，似乎更加辛苦。

但古代学生在校期间并非都在上课。大体上的课程安排是上午接受文化课教育（听读），中午和下午完成作业（习字、背书），可能也会有"晚自习"（古代称为"上灯学"）。其间，学生可以自由地出入教室。

鲁迅先生在《从百草园到三味书屋》中提到，课间他和其他同窗好友，可以自由地出入三味书屋，到后院放松身心："三味书屋后面也有一个园，虽然小，但在那里也可以爬上花坛去折蜡梅花，在地上或桂花树上寻蝉蜕。最好的工作是捉了苍蝇喂蚂蚁，静悄悄地没有声音。"

寿镜吾这种让学生自由出入教室、去后院放松身心的做法，正契合明代大儒王阳明先生《训蒙大意》的理念。

在王阳明看来，小孩子性情活泼，没受惯拘束，像初生的草木一般。不应压制，而要顺着他的性子，他自然会生长发育起来；若是压制拘束久了，他便不能够生长。所以教育小孩子，要像栽培草木一样，不可以压制拘束他，要叫他心中时常感到快乐，这样他自然晓得要学好。这便和草木得了春风时雨一样，自然生机日发，但如果被冰霜摧残，就会生机萧索，越来越枯萎。

当然，让学生自由出入课堂去后院放松身心，并不意味着对他们放任不管。鲁迅先生写道："然而同窗们到园里的太多，太久，可就不行了，先生在书房里便大叫起来：'人都到哪里去了?!'人们便一个一个陆续走回去;一同回去,也不行的。"

课间 10 分钟的由来

今天,广泛实施的现代教育系统发源于普鲁士的洪堡教育改革。威廉·冯·洪堡被称为"德国自由主义的先驱",自1809年开始担任普鲁士内务部负责文化教育的官员。

洪堡在19世纪初开始实行了一系列充满人文主义和自由主义的教育改革。当时的普鲁士,在与法国的战争中刚刚战败,从一个新兴强国沦为法国的附庸,迫切需要探索富国强兵之道,教育则成为德意志复兴任务的基础和着力点。国王腓特烈·威廉三世便在语言学家威廉·冯·洪堡和瑞士教育家裴斯泰洛齐的影响下重建了教育体系。

19世纪初期,普鲁士的每节课时长60分钟,但孩子们学习效果不佳。后来专家经过试验发现,一个人注意力的集中程度会随着年龄增长而不断上升。当时因为技术落后,大多数表盘上只有时针,最准确的刻度就是一小时的1/4,也就是一刻钟。所以普鲁士学校达成了共识,一节课的时长就是一小时的3/4。到时间就让校工敲钟,提醒老师结束授课。

但剩下的15分钟用来休息似乎偏长,所以暂且规定10分钟休息,另外5分钟应对钟表误差。等到20世纪平民怀表足以确定每分钟的时间以后,全世界已经有几十个国家采用45分钟上课、10分钟休息的授课节奏了。

近代以来,中国逐渐开办新式学堂,因此从清末民初开始,基础教育开始强调个性化、平民化、实用化、科学化。老师开始为每门课程制订完善的教学计划，引进西方自然科学知识，重视西文西艺，并从日本引进西方教育体系。民国时期小学课程随着政治、经济的发展，不断变动，但课时大多以 30 分钟一节为原则，可根据科目性质延长至 40 分钟或 60 分钟。从 1932 年起增加公民训练，每周 30 分钟为团体训练时间，每天平均 10 分钟，并入周会或其他集会活动。

这种作息时间不仅通用于西式学校，还逐渐影响了一些私塾和家学。如淮军名将张树声之孙张武龄，虽然非常重视孩子教育，经常督促孩子们要刻苦努力，但决不允许孩子们透支自己。张家课堂都会规定上课时长，每节课 55 分钟，课间休息 10 分钟。到了休息时间，工人就会摇铃提醒，如果孩子们在课间流连于书本，也是不被允许的。这样真正让孩子们做到了劳逸结合，张弛有度。

民国时期的学生在课间休息时是可以离开学校的，学生们利用课间休息解馋，名士教授也会利用课间进行"教学交流"。某日课间休息，几名教授在闲聊京剧《秦琼卖马》。胡适瞧不上京剧，插嘴说："京剧太落伍了，用一根鞭子就算是马，用两把旗子就算是车，应该用真车真马才对……"正在几名教授想反驳却又找不着话时，黄侃站了起来："适之，适之，唱武松打虎怎么办……"

曾经的快乐时光

中华人民共和国成立后，在教育事业的发展中，课间休息不断得到政策的推动和优化，学生的校园生活也在期许中不断拥有更好的模样。

1954年，《北京日报》刊登了东公街小学教职工关克礼的一篇文章，将课间10分钟应该做什么样的运动和游戏，首次引入公众视野。文中描绘了东公街小学课间10分钟的生动场面："我们中队的队员和班上的同学们，像潮水一样地涌出教室，有的跳绳，有的跳皮筋，有的练单杠和双杠，最有意思的是玩'斗鸡'和'看谁站得稳'。你听吧！笑哇，唱呀，蹦啊……过了10分钟，电铃一响，他们立刻不玩了，精神饱满地排好队，走进教室去上课。"但不久以前还不是这番光景，学生们课间休息不是追追打打、不时闹点小意见，就是呆坐在教室里无所事事，还有的"见缝插针"地赶家庭作业。辅导员对此很是担忧："上课要想有充足的精神听讲，下课必须休息好，也就是说必须玩得好，才能够学得好。"

怎么改变这个现象呢？为此，辅导员和少先队干部专门召开了一次讨论会，讨论"什么样的队员算一名好队员"。大家一致认为，除了要有优良的品格、丰富的科学知识，还要有健壮的身体。好身体需要勤锻炼，"课间10分钟"每天加起来大约有60分钟，应该好好利用。

那课间10分钟玩什么呢？大家决定以这个内容为主题，组织一次中队活动。同学们集思广益，想出几十个主意，再筛选出适宜课间10分钟玩的游戏，比如跳绳、跳皮筋、踢毽子和"老鹰捉小鸡"等。辅导员的担忧解决了，从此，课间休息时，操场上也热闹起来了。为了鼓励孩子们课间走出教室，一些学校的校长和老师以身作则带头玩。

1960年，小学统考成绩名列全市前茅的丰台区大红门小学，不仅学习拿手，"三件"体育活动（跳绳、踢毽子、抛沙包）也搞得有声有色。学校少先队大队号召全体队员"下课教室空"，人手一根跳绳、一个毽子、一个沙包，每人都参加一项体育活动。为响应这个号召，每当下课铃响起，大红门小学的校长刘志杰便出去与孩子们一起玩。

"听那丁零零的下课铃声送来十分钟，来吧来吧来吧，大家都来活动活动，让我们那握笔的手指摸一摸皮球，让快活的叫喊冲出喉咙……"这首专为课间10分钟所写的少儿歌曲《哦，十分钟》，在20世纪80年代曾广为流传。

下课铃声响起，学生们如同"脱缰的野马"在教室门前欢快地玩耍。他们跳着皮筋，唱着熟悉的歌谣："马兰花开二十一，二五六、二五七，二八二九三十一……"当跳到"四五六、四五七，四八四九五十一"时，上课的铃声便在校园里回荡。

有时，他们会在地上画满格子，在其中跳跃，享受那份童趣。有时，毽子成为他们的好伙伴，可以正着踢，也可以侧着踢，甚至可以从后面跳着踢。当踢到数百个时，上课的铃声又会如约而至。

1998年，为推进素质教育，切实减轻中小学生的学习负担，卫生部和国家技术监督局联合发布了《小学生一日学习时间卫生标准》《中学生一日学习时间卫生标准》。它们规定，一日学习时间指一天中上课和课外自习时间（不含课间休息时间）：高中生不宜超过8小时，初中生不宜超过7小时。初高中生每日早读时间不宜超过40分钟，上午4节课；下午，初中2节课，高中2节或3节课；课外自习时间不宜超过2节课。初高中每节课时间均为45分钟。

正是得益于上述规定，在很多"90后"的记忆中，课间10分钟是自由、快乐的代名词。同学们可以在课间10分钟尽情玩耍，男同学甚至还能成群结队地到球场上来一场厮杀，每到上课时间总是顶着一身的汗臭味进教室。虽然这可能会被任课老师说两句；为了不影响其他同学听课，甚至还可能被赶到教室后面去，但老师并不会限制他们的行为。毕竟青春活力才是学生时代的代名词，也是因为如此，上课才不会沉闷。

然而，在很多学校，如今的课间10分钟已经失去了原有的色彩，真正属于学生的并没有多少，更别提还有所谓的活动限制了。以前的孩子们很少有近视或腰椎问题，而如今经常看到类似"脆皮大学生"的说法。这也从另一个方面说明如今学生的"体弱"问题，"课间10分钟活动受限"，也是造成这种问题的一个原因。

虽然现代教育的压力确实比以前大，但是，作为教育管理者，学校方面应该明确，课间10分钟是属于学生的休息时间，应该尽力为学生营造一个自由、快乐的课间10分钟。

（摘自《读者》2024年第3期）

一个贫困生的 10 年

◎ 黄振乾

昨天,我往中国银行的固定账户存入 400 元人民币。至此,我还清了本科时期的国家助学贷款,加利息一共 2.8 万元。就是这些钱,折腾了我这么多年。我想写一点关于贫困生的故事。

我家在云南大山里,在村里也是"中产"。从我出生之后,我家再也没有为温饱问题担心过。但上学依然成了一个大问题,家里能够变现的能力实在有限。我家酿的酒很好,但最多只能卖到隔壁村。我读书需要的钱大部分来自养猪,但猪价行情不稳,再碰上五号病什么的,就会很头疼。我家自有田地不少,但产出有限。所以,我家的资产只能供我读到高中,上大学是完全无能为力的。

我能来读重点大学当然是荣幸的。但上大学不得不申请助学贷款,我父母自然也会尽其所能地给一部分生活费。到上海读书，有一个很小但很重要的原因就是，我相信在上海这种大城市，贫困生会很少，我或许能拿到更多的资助。

我上高中时，班里50多人，一半是贫困生。到上海后，班里贫困生只有5人，我几乎每年都能拿到贫困生专属的国家励志奖学金，而且更容易获得勤工俭学的机会。

那么，当时我借了多少钱？2.4万元，一年6000元，刚好够缴学费，但生活费和住宿费需要自己出。我们住在郊区，不可能有什么谈情说爱的希冀，生活费也没这么高。本科4年的时间可以简单地用几句话总结：晨读、上课、助管、图书馆、跑步、洗冷水澡。

2011年我考上复旦大学的研究生，终于不用缴学费了！可是，就因为读研究生时换了学校，原校要求我还款。除我之外，我们班借款的另外三个同学都用父母的钱一次还清了（不用还利息）。我不想也不能够折腾父母，决定自己还款。我选了年限最长的，一个月还400元，利息一共4000元。

我没有工作，没有收入来源，所以，只能在读研究生的时候再次申请国家助学贷款1.5万元（一年5000元），刚好填上本科的"大坑"。但是毕业后还得自己还啊。每个月我都会准时去最近的中国银行还款，基本都是拖到最后一天。

贫困对我造成的打击，来自去中国银行还贷的时候。那时候没有自动还款机，我在陌生的银行大厅排队等候，看到前面一个操着上海话的大叔来取款，居然拎着一个黑色麻袋，把钱一捆一捆地往里放——我真没见过（除了在电影里）。我当时异想天开地想：他要是我爸该有多好。当叫到我的号时，我甚至想逃，我用有生以来最没底气的声音告诉她："麻烦您帮我把……400元存进……这个账号。"

为什么有的人这么富有，而有的人这么贫穷？我对这个社会的政治哲学思考，大概就始于这件小事。

其实，我研究生毕业的时候是有机会还清贷款的。我在复旦大学拿到的奖学金和助学金要比本科时候多得多，但这些奖金全被我用来考托福和GRE了（我一共考了5次托福，5次GRE），直到考到满意的成绩。这是我在最穷的时候干过的最烧钱的事情。

我从复旦大学毕业的时候，裤兜里几乎连一枚硬币都不剩。

我的10年贫困生经历告诉我，贫困生没有什么不同。贫困不是值得骄傲的事，也不是见不得人的事，更不是值得同情的事，贫困生也有破茧成蝶的机会，前提是你要足够努力，有足够的耐心，内心足够强大。

我读博士之前，两次面临回家与留学的选择，我都选择了更难的路。第一次是本科毕业的时候，我可以选择回家，回去就是荣归故里。第二次是读研究生期间，我母亲重病住院，我有过回家守护在她身边的想法。

但我选择留下来。回去的决定是艰难的，但回去能使生活变得容易；留下的决定是容易的，但留下会让生活变得艰难。

大概，我的固执与生俱来：我坚信任何人都能做成他想做成的事，只要全力付出甚至牺牲。

大概，我的努力、卖力和笨拙，有一部分来自天性的倔强，有一部分来自对认可的渴望，有一部分来自对不平等的愤慨，更有一部分来自对未知的探索——这部分从未褪色。

一位作家曾说，出生于贫困的小渔村给了她蔑视权威的勇气。我不是很赞同。面对权威，出身底层的人多少会带着一丝卑微。然而，通过努力、成长和蜕变，我彻底摆脱了狭隘和自卑。

我觉得，虽然我还没做成什么大事，也不是成功人士，但穷人真正的敌人，很多时候是多年后已经逆袭的自己。

从自己的经历来看，在普洱市一中读高中的我，是自卑而敏感的；在华东政法大学读本科的我，是渴望被认可却能力不足的；到复旦大学读研究生时候的我，带着些过度表达的虚假自负；而现在读博的我，或许是变得更好的一个我。我渐渐懂得：没有一个人的成功是理所当然的，比你厉害的人，不一定智商比你高，而是他用正确的方法去做了正确的事情。

我开始欣赏社会的多样性，开始了解、学习、探求一些重要的问题。

我相信制度是脱贫的最大法宝，就像国家助学贷款这样的政策。如果没有国家助学贷款，我现在或许是另外一个人，但恐怕不是我喜欢的那一个。

决定一个人能走多远的，永远是你正在走的路，以及路的方向，而不是出发时的位置。

我相信路不止一条。

（摘自《读者》2018年第22期）

夏老师的情义

◎明前茶

1

至今我仍记得夏老师第一次走进教室的场景：满教室飞翔的纸飞机与笑闹声都停了下来，整个教室刹那间变得鸦雀无声。班主任夏老师静静地立在教室前门，以一种"我就知道你们会很吃惊"的表情微笑着。

他是个中等个头的中年男子，大眼睛、高鼻梁，气质甚是明朗。只是，他没有左小腿。他拄着单拐，木拐杖在左膝位置有个横向的支托，让他截肢后的左腿能安安稳稳地放在上面。

他的第一句话就把大家逗乐了："别的班主任都能像侦察兵一样悄悄潜入，看自己班上的孩子乖不乖。我不行，50米之外，你们就会知道那是我，我的脚步声很'隆重'……"

大家笑了起来，夏老师的幽默和坦诚，一下子破除了我们心中的忐忑——应该怎样去面对这个与众不同的班主任？同情他，敬畏他，或者干脆敬而远之，似乎都不太合适。

夏老师教数学，与其他班主任没有什么差别，一样要自己拿教具、练习册和作业本，一样要准备各种各样的检查和公开课。

因为要一只手挂拐，他便用另一只手拎一个大号竹篾提篮，将教具和学生的作业本都放在里面，这让他有点像乡下赶集卖鸡蛋的大叔。

有个同学嘴快，把我们私下里的比喻说给他听，他也不恼，反而大笑，说："拎个篮子，再扎个花头巾，可以去扮演卖活母鸡的大嫂了。"学生想帮他拎竹篮，他也愉快地递过来，很自然地说："谢谢。"

胆大的同学问他："夏老师，你结婚了吗？有孩子吗？"

夏老师两眼弯弯含笑：

"我肯定比一般人结婚晚啊。不过，很幸运，我也成家了，有个5岁的儿子，他可比你们调皮多了。我以为，做了父母再来做教师，会磨掉很多急躁脾气，会更理解孩子各式各样的烦恼，理解他们的弱小与孤单。"

拎篮子的同学忽然插了一句："夏老师，你小时候，有人欺负你吗？"

同伴赶紧拉扯这个多嘴小子的衣摆，这个小动作也被夏老师瞥见了，他笑笑说："怎么可能不被欺负？我5岁因病截肢，到现在35年了。我小时候为此暗暗流过多少次眼泪，数也数不清。

不过，我不也长大成人了吗？一开始欺负我的同学，见我不放在心上，也就慢慢失去了兴趣；而且，人都是会长大的，他们后来懂事了，有的还成了我的好哥们儿，教我弹吉他、骑车、游泳。"

2

夏老师就住在学校操场后面的教工宿舍楼里。后来，我们还见过他骑车出门的英姿——他的儿子骄傲地坐在自行车前杠上安设的小椅子上，后面的书包架上横绑着夏老师的拐杖，夏老师用右腿一下一下有节奏地蹬动脚踏板，自行车便悠然又平稳地前行。

我们看得目瞪口呆——哪件事都难不倒夏老师。

作为班主任，在带我们的3年里，夏老师向我们展示了无数技能：作诗、谱曲、弹吉他，甚至踢足球！放学后，班里的男生抽签分为两个小队，在球场上踢对抗赛，夏老师做裁判。

他当然不可能飞快地跑来跑去，还要拄着拐杖避让孩子们的冲撞，在双方一连串眼花缭乱的过人动作中，判定谁犯规，这本事依旧了得。

两边的男孩都调皮，不时起哄高喊："裁判开球，夏老师，来一个！"夏老师不扭捏，也不推辞，夹紧左腋下的拐杖，找到重心，右脚猛射足球，而就在那一瞬间，他再往前跳开一小步，稳稳落地。

欢呼声雷动，场上和场下都喝彩，就仿佛双方都赢了比赛。

夏老师不是一个世俗意义上有强烈胜负心的教师。我们班的数学平均分，比别的班高还是低，他从来没有提过，他看重的，是班里的孩子是否有生活自理能力，是否有纯真的笑容。

学校组织秋游，别班的老师耳提面命，"要注意安全，要仔细观察，想着回去如何写作文"，夏老师却带着我们野炊。

从辨明风向、堆石砌灶开始，他一步步教我们如何在野外烤肉串和煮饺子。

同学们带来了饺子馅和饺子皮，夏老师带来了两个巨大的竹匾。他将拐杖横过来，席地而坐，开始包饺子。他包的饺子一个个胖鼓鼓，神气活现地站着，而我们包的饺子，都扁塌塌地卧着。

夏老师一锅又一锅地下饺子，先给那些拾柴火、拎泉水的孩子盛上，他最后吃的，是我们包的那些塌扁的、化在锅里的面片汤。

但夏老师毫无怨言，吃得很香："我第一次包饺子，水平与你们差不多。谁的手艺不是从无到有。"

3

我们学校位于南京明城墙脚下，风景优美但条件有限，没有除草机，每年暑假一过，操场上的草长得有半人高。

于是，开学后我们的第一次包干劳动，就是在操场上拔草。夏老师挂着拐与我们一起拔，还准备了好几副粗线手套分发给大家。这是一桩苦活，与养尊处优的假日相比，尤其让人腰酸背痛、叫苦不迭。

大家正喘着粗气，叫嚷着又被草丛里的蚊子叮咬了，胡乱拭去额头上的汗水时，忽然听到夏老师喊了一声："看，晚霞！休息一刻钟，我们吹吹风，抬头欣赏一下。"

这一刻钟里，西边的晚霞瞬息万变，像是在变幻光影的魔术。夏老师拄着拐杖，深情地说："很多年以后，同学们，你们会忘了学校里学到的大部分知识，可是，你们会记得今天，记得手上磨出的血泡，记得拔出来的草被晒干的香味，记得咱们一起看晚霞的这一刻。生活不仅有苦恼，有磨砺，也有幸福的奖赏。千万别错过了这些奖赏。"

夏老师告诉我们他当年找工作的坎坷经历。试讲后，这位缺失半条腿的师范大学毕业生，令许多学校的领导左右为难。最后，是我们学校的老校长一锤定音。

老校长说："录用他，不是同情他，而是他值得这份尊重。青春期的孩子有很多意想不到的烦恼：长得胖，长得瘦，长得矮，脸上有痘痘，变声比人家慢，学习成绩不稳定……可是，如果让他们每天看到小夏老师这样乐观、有情有义地活着，视挫折和嘲弄如无物，能笔直地依照自己的目标成长，这比讲多少大道理都管用！"

夏老师满怀感激地追忆这一切，他记得老校长千方百计省出经费，在他入职前将教学楼通往宿舍楼的碎石小径，铺成平整的青砖路，并给他定制了一副底部包着牛皮的单拐。

夏老师带着我们学习、踢球、野炊、欣赏灿烂的晚霞，感受少年的忧伤与幸福。他说："我只是将老校长给我的信任和爱，传递给你们。希望你们长大后,也能把这份信任和爱,传递给自己的孩子。"

(摘自《读者》2021年第17期)

录取通知书

◎廖天锡

我小学毕业那年，统考前学校组织我们住校补课。一天，我丢了15张饭票，合计3斤12两（旧制16两为1斤），是5天的定量口粮。

我哭着跑回家，母亲一听慌了："怎么得了！这5天吃什么？"

我沮丧地说："不读了！"

父亲说："虽然饭票丢了，但书还是要往上读！"他立即从队上的食堂称来3斤12两米。这是父母两天多的口粮，给了我。他们吃什么？我没要，咕哝道："反正考上了，也供不起！"

"谁说的？我肩膀顶不起脊背顶！丢了几张饭票就不读书了？以后不知还要碰到多少难事呢！"60岁的父亲着了魔似的把我拖到学校，把米交给学校食堂。

我担心父母饿肚子，中午又往家里跑，却看见他们在稻草树下忙碌。生产队的稻草扎在树腰上，下面悬空，两头小中间大，呈漂亮的弧形，像一个巨大的球，雨再大都淋不进。时令已是盛夏，树腰上只剩松松垮垮的稻草帽。父亲见了我，十分尴尬地说："捶点谷子！"说着，解开两只稻草活结，把稻草横摆在簸箕里，他们一个一个翻找。母亲用拇指指甲小心翼翼地把夹杂在稻草中的谷穗掐断，放到身边的铜脸盆里，又继续翻找。然后是捶，接着，母亲端起簸箕颠簸——扬弃禾叶、灰尘和瘪谷，留在簸箕里的是一点点二皮谷。母亲把二皮谷颠进铜脸盆里——我掉了15张饭票，两位老人要从稻草堆里找补，渡过难关。

我鼻子发酸，暗暗发誓努力学习。

全校只我一人考上县里的重点中学——书本费、住宿费、伙食费全部在内，要42元，但父母翻箱倒柜，只凑了10块钱。

幸好凭录取通知从生产队仓库过了360斤口粮谷卖到粮站转户口，拿到20.88元；加上通知说一学期的学费可分两次交，父亲终于松了一口气。

开学那天，父亲挑着被子和木箱步行70里，把我送到老城区的永兴二中。次日早饭后，全班同学坐船过便江去新二中的建校工地劳动，父亲又送我到码头。上船后，父亲突然喊："站里一点！木箱挨着水面了！"说着，搓开五指擦眼睛。我心头一热，也泪流满面。老人家目送我过了江、上了岸才转身离开渡口。

期末考试前，找我搭铺的同乡同学让他父亲偷走了我的被子。等我把情况告诉班主任时,他已经跑了。

放假那天,到家已是傍晚,两位老人还在禾场上剁金刚刺柴蔸。父亲说剁成片晒干卖给供销社,5分钱一斤,用来凑下学期的学费。父亲的手被金刚刺的倒钩划开一道道口子,结满紫黑的血痂。我心头一酸放声大哭,说书没法读了。父亲惊问我犯了什么事,我抽泣着诉说了被子被偷的情况。父亲如释重负,说世上只有做贼眼,没有防贼眼;被子没了,书也要往上读。过后补了一句:"你那同学太没良心!"

次日早饭后,我要去找那个同学。父亲说被子是要不回的,练练胆量也好。我跑了15里路打听着找到那个同学的家,但门已上锁,直到太阳快落山也没开门。被子没要回,那个同学也因此没再去读书。

春节后,我带着舅舅给的一床被子和父亲卖金刚刺柴蔸的钱回校。此后4个学期,我们那一带方圆几里山上的金刚刺柴蔸几乎让老父一锄一锄挖光了。

初中最后一学期实在没钱入学,父亲决定卖家具。买主是父亲的远房表侄,姓胡,在煤矿下井。原先讲好是30块钱买三屉桌,吃过饭后快要搬时,他提出要小衣柜。父亲说,小衣柜是三屉桌两倍的价,但还是让他抬走了。

父亲目送表侄抬着贱卖的小衣柜远去,怔怔地收回视线,将15张2元面额的人民币一张一张递给我。

"攒劲读书!"老父低声叮嘱。

我心头如有春雷滚过。

初秋的一个下午，正在破篾的父亲接过我的高中录取通知书，没看，额头上的皱纹叠作一堆，苦笑着把通知书还给我，轻轻地吐出含混的两个字："收好！"

我把通知书收好，一收，收到现在。

（摘自《读者》2023年第10期）

观音老师

◎马　良

俞老师是教数学的，也是班主任。她是我唯一记得姓名的小学老师，因为我一直对她念念不忘。

她是一位慈眉善目的老太太，年轻时一定很漂亮。当时她不到五十岁，一头齐耳长的花白头发梳得特别整齐，是那个时代很多女性的标准发型，上面"三七分"，下面"一刀平"，一边少些的头发别在耳后，另外多些的属于"七"的那部分，用两个黑色的细发卡在额边别得妥帖，垂下的那部分稍微有些晃动。我妈有段时间也梳这个发型，所以我也常常对俞老师生出一些无赖小儿般的依恋。

我小时候特别不爱干净，虽然不是那种特别调皮的孩子，但是什么地方都敢钻，垃圾堆、煤栈仓库、废弃的屋子，甚至废弃的屋子里床上多年都没人动的被卧。我小时候好像对脏是没有概念的，而且那时候洗澡也不是很方便，尤其天凉以后，洗澡要去公共浴池，一两周才能去一次。还没等到洗澡，我全身已经脏得闪闪发亮了。我姐姐每天都不让我进门。我在外面野了一天，回去吃晚饭前，必然会被她拉扯到水池边，用刷衣服的那种猪鬃做的硬毛板刷，狠狠地刷手，直到刷出一盆黑水才放我进屋。

俞老师是我读三四年级时才调过来教我们的，第一天点名，她盯着我看了又看。课上到一半，她给全班同学布置了一些课堂作业，便把我叫了出去，牵着我的手就去了她的办公室，然后叫我拿了毛巾、肥皂和脸盆，去操场边的水池，不管三七二十一就给我洗了手，擦了脸，还仔细搓了脖子（我真算是把她的毛巾给毁了，全黑了）。洗完后，她又牵着我，把我带回教室。这一路，我既对自己那么脏感到很羞愧，却也有几分得意，因为全班那么多同学，老师只给我洗脸、洗手了。没想到的是，那天之后，经常性地，俞老师只要看我哪天足够脏了，就会叫我去办公室拿脸盆、肥皂、毛巾，还叫我去打水，再当着全班同学的面把我洗刷一遍。那时候真是天真，我竟然没有觉得羞耻，记忆里一点儿这种感觉都没有，反而每次都得意极了，甚至分明觉得同学们眼里满满的都是嫉妒。

其实我不但脏，还爱撒谎，并且特别不爱做作业。现在想来，因为我早上了一年学，是全班最小的孩子，估计脑子不及别的孩子发育充分，功课根本就学不会，即使认真学了也学不会。后来我干脆自暴自弃，也不做家庭作业了。别的严厉的老师布置的作业我不敢老是不交，所以我总是借来同学的誊抄一番，或者以帮别人画美术作业为条件，委托别人代我做了。然而在俞老师这里，我因她的宠爱变得有恃无恐，从来都不交作业。每次她问我，我便会编一个瞎话来搪塞，有时说作业本掉在井里了，有时说作业本被风吹到别人家的院子里了。我还编过家里厨房着火，烧掉了作业本，写完了作业可是字迹自动消失了等瞎话。有一次，家里新买了缝纫机，我对缝纫机肚子下面的那个洞产生了浓厚的兴趣，第二天对俞老师说的话便是："我想在那个洞里掏东西，够不着，就拿着作业本去够，结果作业本掉进那个洞，再也找不到了。"这些说辞，我那时真的都说过，一点儿都没编，而且我当时特别得意。在俞老师面前编瞎话，成为小小的我在失败的人生里，重新找回自信的最重要的手段。而她从来没有戳穿过我，总是微笑着听我说，每天都等我给出一个一本正经的说法。

如今，每次回忆起这些小小的片段，我就特别想哭。我在初中时去看过俞老师一两次，爸妈知道她喜欢我，命令我去的。后来，等我脑子终于发育好了，自己回味过来她的好，再去那所小学的时候，俞老师已经退休，离开了学校。之后待我年纪再大一些，明白了一些事理，我想起来也许可以通过学校找到俞老师的家庭地址。可当我再回去找时，不料那所小学已经被拆除，那地方一栋贴满丑陋瓷砖的大楼，阻隔了我通向童年、通向我亲爱的俞老师的所有道路。

后来在庙里看到观音菩萨的时候，我总是会想起这个慈眉善目的老太太。这世间如果有一种守护神，会毫无理由地为笨拙的小孩守护着童年，守护着一份天真，那我的守护神一定就是她。

（摘自《读者》2020年第7期）

人生是时时刻刻的体验

◎施一公

我既是老师，也是家长。在这两个群体里，近年来最常听到的一句话就是：不能让孩子输在起跑线上。这句话不仅用于指代学生学习和基础教育，也常用来描述成年人的奋斗，不论是求职还是完成任务。

从某种程度上说，这句话乍一听是有道理的，所以被很多人奉为圭臬。想想看，不管是100米的短跑比赛还是40多公里的马拉松，运动员们不都很重视起跑吗？于是，做父母的把孩子接受教育的时间一再提前，从怀孕胎教就开始了，经过小学努力、初中刻苦、高中冲刺，终于高考一举登第，父母欢喜，邻居羡慕。这种公式化的完美人生成为无数中国家庭的奋斗动力。

让我们退一步想一想：在比赛中，起跑的瞬间固然重要，但最终决定成败的是能否率先撞线。即便是100米比赛，起跑领先的选手也常常在途中和冲刺阶段被对手超越。相对而言，中长距离比赛的起跑就没那么重要了，常常出现跟跑选手在后程发力超越前半程领跑选手的情况。至于马拉松比赛，最艰难也是决定胜负的是30公里以后，体力到达极限之后的策略和坚持。

什么是起跑线

马拉松比赛尚且如此，对于人生这场充满无穷变量的超长马拉松，起跑线的影响更不是决定性的。或者，我们首先应该想一想，到底什么是起跑线？起跑线是指大家都要经历的一个过程的初始。在大部分语境下，起跑线指的是基础教育的各个阶段。其实，在起跑阶段和前半程只要不掉队太多，你就仍有机会后来居上。从这个意义上讲，在小学、初中甚至高中阶段，只要成绩不是太差，只要父母相信孩子的潜力，孩子就不会丧失信心，就会具备在未来创造奇迹的可能。真正掉队的是饱受父母和老师质疑的孩子，他们会在心里失去自信，从而很难抓住机会。因为，后半程同样重要，在没有父母师长鼓励督促的情况下，一个人的自信心和内驱力尤为重要。我实验室两位博士后的故事则诠释了自身坚持的意义。

第一位博士后是我经常在演讲中提及的柴继杰。他比我大一岁，高考成绩很一般，1983年于大连轻工业学院（今大连工业大学）造纸专业学习，毕业后去了东北一家造纸厂当技术员。但他不服命运的安排，工作之余刻苦努力，考上了硕士研究生，后来又考上了中国协和医科大学（今北京协和医学院）的博士项目，获得博士学位后进入中国科学院生物物理研究所从事博士后研究。1998年年初，我在普林斯顿大学初创实验室，在全球招聘博士后，柴继杰的简历排在70多份申请者简历的后半段，但我非常看重他从造纸厂技术员到生物物理研究所博士后这段异乎寻常的奋斗经历。在我看来，这样起跑严重落后、后程全力拼搏的人很可能会有大出息。于是，我坚定地录用了他。当他于1998年下半年到普林斯顿大学做博士后的时候，已经32岁半了。当时在我实验室的所有博士生、博士后里面，他的基础是最差的。但在所有人中，他的毅力是最强大的。

他并没有因为自己的基础差而自卑，而是很用心地学习各种实验技能，没事就翻阅各种经典英文教材。经过5年奋斗，继杰成为我的实验室里最优秀的成员之一。2004年，他成为北京生命科学研究所最早一批的研究员之一，领导自己的独立实验室，后来成为清华大学长聘教授，2017年成为首位来自中国大陆的德国洪堡讲席教授。

执拗者事竟成

如果说柴继杰是受过完整正规教育的，那另外一位博士后的故事则更为传奇。他叫李平卫，也比我大一岁，出生在陕西农村。与绝大多数科学家不同的是，他没读过本科。他中专毕业后就被分配回到中学教书，但他一路自学，竟然考上了北京大学的硕士研究生，继而完成了博士生阶段的学习，于1996年获得博士学位。2001年，李平卫申请到我的实验室继续做博士后的时候，他已经先后在中国科学院生物物理研究所和美国西雅图的福瑞德·哈金森癌症研究中心做了5年多博士后。为什么还要做第三轮博士后呢？我带着疑问，拨通了他的电话，我问他："你现在的研究做得不错，为什么不找份正式工作？"他说："不怕您笑话，我从小就有个梦想，将来要做洋人的老师（当时中国老百姓常常无恶意地称外国人为'洋人'），现在我离这个目标就差一步了。我想做美国大学的教授，但申请的几所大学都被拒了，所以我想到您的实验室再深造几年。"他能坚持儿时的梦想，这一点太让我感动了，我在电话里就爽快地同意了他的申请。

要想后半程发力超越是要有一些过人之处的，每个人的特点各不相同。柴继杰凭借的是毅力和悟性，李平卫凭借的则是执拗。他的执拗就是坚持儿时的梦想，不惜多付出几年时间也要实现人生的目标。

李平卫的执拗让他在职业选择这一更高层次上得到了回报。他终于在2005年获得了得克萨斯农工大学的助理教授职位，并一路做到了终身正教授，实现了成为美国人的老师这个执念。

人生不是一场马拉松

柴继杰和李平卫的路径虽然有所不同，但有两个共同点，一是他们对自己所从事的科学研究有发自内心的热爱与痴迷，二是他们都具备不被社会舆论裹挟的自信与坚毅。这两点里，也许第一点是最难能可贵的。正是因为对事业的执着，他们才能在起跑落后的情况下坚持下来，后程发力成为领域内的佼佼者。

你也许又会说，那个年代的竞争不如今天激烈。非也，任何一个年代都有独属于那个年代的机遇与挑战，比如李平卫没有读过本科，这就落后于今天的大多数年轻人，况且那时候自学的难度也远远高于今天。

上面描述的起跑线都是指代教育背景和科研起点，当然，起跑线也可以泛指离开学校环境之后的成年人创业的初期。第一份工作，第一个任务，第一年的表现，甚至创业前几年的成绩，都可以视作起跑线。当同质化严重，千军万马争过同一座桥的时候，起跑线确实重要。谁率先冲过桥，谁就可能获得很大的先发优势，但这样的优势绝不可能让过桥者真正脱颖而出，因为他只是循着常规行进的芸芸众生中的一员。不论是在科技领域还是在商业世界，真正成为领袖的，不论是企业还是个人，往往都是那些与众不同、独树一帜的，他们凭借着"源头创新"一骑绝尘。要创新，就必须在自己通过了那段拥挤的起跑赛段之后，敢于放弃舒适区，不怕挑战，大胆尝试新的发展方向并持续不断地努力。

事实上，任何时代都有少年得志、一鸣惊人的幸运儿，也有厚积薄发、大器晚成的负重者。人生的成功既有社会公认的一些标准，也应当有自己的定义。其实，人生不是一场马拉松，因为它本就不是一场比赛，而是时时刻刻的体验。每个人沿途的风景都不相同,终点也不一样。所以,与其说"不要输在起跑线上",不如先想想自己期待的终点在何方,以及想要走一条什么样的路径。

(摘自《读者》2023年第14期)

毕业纪念册

◎余 斌

所谓"三搬当一烧",几次搬家,好些旧物扔的扔,丢的丢,没丢的也不知在哪个旮旯里"蒙尘"。跨入大学校门至今,居然已有四十年,没了"物证",偶尔回想起来,更有"事如春梦了无痕"之感。事实上当年的许多人与事并未当真忘个干净,有时还浮现得相当真切,有画面,有细节。只是隔了几十年回首遥看,未免亦真亦幻。旧物也还是有遗存的,比如我们班的毕业纪念册。书以外,这可能是本科四年我仅留的"物质文化遗产"了。

纪念册像个账簿,红绸的封面,烫金的大字,大概当年只有这种样式的,里面却是"图文并茂"。"图"是照片,每人一张标准照、一张生活照;"文"则是相互间的留言,这是精华所在,最有看头。

题写临别赠言，有不假思索一蹴而就的，也有字斟句酌费了心思的；有泛泛而说的，也有针对你的；有摘录名人名句的，也有自说自话的。内容五花八门，却也可以归类。

"励志共勉式"无疑是大宗："向现实猛进，又向现实追寻。"又一类是"友情为重式"："时间不会改变我们。"当然，大都是正能量的，但负能量的也不是绝对没有，至少叶姓同学所写的就有这嫌疑。他写得简省，只写"好了"二字，加个句号。读作"好 le"也不是不可以，表示一事终结，可以是"成了"的意思，毕业意味着在大学修成正果了嘛，但读作"好 liǎo"当更得其意，出处应该是《红楼梦》里的《好了歌》，所谓"好便是了，了便是好"。大家就要各奔东西，说这个，是故意捣糨糊，还是要大家来参禅？

另一位的留言也有意思："独把花锄泪暗洒，情孤洁，谁解林妹妹？手执钢鞭将你打，学学阿 Q 哥。"将林妹妹与阿 Q 混作一处，前一段凄凄惨惨戚戚，何其大雅，后面画风突变，混搭在一起，很有几分无厘头的效果。

留言有时虽不免"逢场作戏"，却也可以见人，上面留言的两位与大多数人相比不大正经，他们原本就是好开玩笑、搞恶作剧的人。

至于"前程似锦""预期日后不可限量"等，当然属于"善颂善祷式"的范畴，看了不受用也受用。在这一派祥和之中，程姓同学的留言可谓"变徵之声"："拣尽寒枝，无处栖身。愿你，也愿我自己，能在这混浊的星球上找到一片净土。"这显然是有上下文的，时过境迁，一时竟想不起这悲凉之音从何而来。回头细想，这话原来正扣着当时的语境，是有"典故"的。其时，毕业分配大局已定，不如意者当然是有的，程同学和我，皆在其中。

这是"触景生情式"，另一关系颇密切的哥们儿则不似"率尔言之"，更像通盘给我下考语，口气像在做鉴定："此君足可委以信赖（作为朋友）与挚爱（作为女朋友）。最大优点，年轻。对于我，他将永远保持这个优势。最大缺点，吃亏太少。最可有可无的特点，尚具才华。"这比时下好话说尽却没人当真的例行公事的推荐信有诚意多了。我的领悟是，"吃亏太少"不是损我吃不得亏，意思是未经挫折，少不更事，目下无尘，尚欠磨炼。这一条，不认也得认。最后一句有棒喝之效，换成大白话：有点儿小聪明，而小聪明不可恃。时至今日，我更不敢自诩有什么才华了。

我不知道自己的留言有没有让别人不爽。虽属小字辈，人微言轻，我却有上面那位老兄一样点醒他人的冲动。记得一位京城来的张姓同学，见多识广，刚入校时，意气风发，有一览众山小之势，几年下来，似乎收敛锋芒，遁入学问，对现实什么的趋于回避，且正谈着恋爱，在我看来，似乎是要奔着小日子去了。我便抄了黄仲则一句"结束铅华归少作，屏除丝竹入中年"，自觉大有深意存焉。

又有一位姚姓同学，从部队考过来，比较正统，管班级诸事，仍有几分部队作风。我是散漫惯了的，他虽不大管到我头上，我却也要夸张地表示一下不满，留了一句"何不带吴钩"。言下之意，你这一套还是收收叠叠，带回部队去吧。小字辈的话，他哪会在意？唯我自己，好像在暗下针砭。有意思的是，后来姚姓同学和我成为同事，来往渐多，居然很是投机。他为官多年，一无官气，且开放得很，我当年对他的不好印象荡然无存。每每喝酒闲话，说起当年事，"相与拊掌大笑"。

真是当年事了。有个同学戏题的是起承转合的套语："欲知后事如何，且听下回分解。"做什么解都可以，虽是戏言，说其中透出点对未来的信心满满也不是不可以。到如今不管是不是后事已了，算是分解了还是未分解，大体上已是没什么"下回"了，我们都已退休或将退休。

这时候看鲍姓同学给我的留言，就觉得特别有意思。我们算是老乡，他随手写了句："四十年后，我们一起去故乡度晚年。""四十"这个数字不知从何而来，或者就是屈指算来四十年后应已退休。无论如何，说这话时，他肯定只是那么一说，并未当真想到"晚年"之类。毕竟四十年太遥远了，我们的好戏刚拉开大幕，"未来"对我们可以意味着其他的一切，但绝不会是"晚年"——谁会当真去想这个？

一不留神，居然是为了入学四十年，要聚了！

（摘自《读者》2021年第24期）

离开小镇的夏天

◎ 路　明

初中快毕业时，我的面前有两条路。外公外婆希望我回上海，两个舅舅也赞同。他们的理由是：我将来总要回上海的，早一点适应比较好。何况，比起竞争惨烈的江苏，回上海高考总归划算一点。

知青子女回沪是个敏感话题，涉及住房、户口等一系列现实纠葛。很多人家为此闹得鸡飞狗跳，甚至对簿公堂。我们家没有。我很幸运。

我爸妈希望我读县城的"省中"，留在他们身边，三年后高考再回上海。除了不愿给外公外婆添麻烦，我妈深层次的焦虑，是怕她管不到我了。她可以一口气举出好几个淳朴的乡镇少年在大城市堕落的例子，然后照搬《霓虹灯下的哨兵》里的台词，忧心忡忡地说："上海可是个大染缸啊。"在我妈心中，去上海有一百种变坏的可能。在这个方面,她的想象是无边无际的。

"省中"是县城最好的高中,当年的县城只有一所省级重点高中(现在则有4所)。传说"省中"是个不食人间烟火的地方,那里聚集了来自县城及各个乡镇的尖子生,那里的学生除去吃饭睡觉都在做题。进了"省中",等于一只脚踏进大学。

初三下半学期,有传闻说我即将转学去上海,参加上海的中考。校长找我爸喝老酒,我爸醉后夸下海口:无论我高中去哪里上,都会为菉溪中学抢下一个"省中"名额。要知道,作为一所乡镇初中,每年只有四五名学生能进"省中",少一个,等于少了20%的业绩。我是校长眼中的"种子选手",他不愿轻易放我走。

老木头说,别看校长平时神气活现,一去县城开会就蔫了,像霜打了的塌苦菜。多一个学生进"省中",他就多一份面子。

我爸妈很快完成了"战略部署":不转学,主攻"省中"。上海的中考比江苏的中考晚一个礼拜。考完"省中"后,我再去上海考,搏一把上海的重点高中。

我从不参与这些讨论。像一场缺席审判,我的任务是念书,对自己的命运并无表决权。

最后一次模拟考,语文老师惊讶地发现,我是先从最后的作文写起。他走到我身边咳嗽两声,敲了敲我的桌子。我毫不理睬,依旧埋头奋笔疾书。

语文理所当然地考砸了,但作文是高分,还被当作范文张贴在橱窗里。

那时候，我暗恋隔壁班一个叫阿花的女孩。现在想想，当初的爱情观简直迂腐得可笑：先挑成绩好的，再从成绩好的里面挑好看的。比如黄潇潇，黄潇潇当然是成绩好又漂亮，但问题是，黄潇潇跟我在一个班，还是团支部书记。我无数次见到她飞扬跋扈的样子。阿花就不一样了，阿花是隔壁班的团支部书记，距离造就了美。

语文老师不会知道，那篇作文是藏头文。每一段的第一个字连起来，是"阿花我喜欢你"。

中考成绩出来，我两边都考上了。

家庭会议上，我爸我妈和外公外婆各执一词，争论不休。我突然推开小房间的门，大声地说："去上海！"然后转身，重重地砸上房门。

门外一片沉寂。

过了一会儿，听见我妈虚弱疲惫的声音说："就这样吧。"

我厌倦了那样的暗恋，我尤其讨厌自己懦弱又假正经。明明喜欢人家，千方百计地制造"偶遇"，真遇到了，却连打个招呼都不敢。那个时候，在父母师长口中，早恋是洪水猛兽，是可以燎原的火。在能找到的青春小说里，顶多写到"把朦胧的好感放在心底"，然后两个人相约好好学习，将来考同一所大学。我已暗恋阿花三年，我不想再暗恋三年。

阿花家在南圩村，去那儿要过一座桥，桥下是庄稼。那个暑假，我常常在晚饭后散步，走着走着就到了那座桥。我期待一场偶遇。我在心里反复地练习，如果遇见她，我会怎样鼓起勇气，告诉她我一直喜欢她,然后挥手告别,了却一桩心事。

在去阿花家的那条路上,我看见大片大片的荷叶。我惊奇地发现,那些荷叶不是长在池塘里,而是扎根在泥土里。1997年的夏天,那些荷叶成为我记忆中唯一有诗意的景物。

我没有再见到阿花。

对于一个从小镇出来的孩子,融入城市的过程是艰难的。也许并没有那么难。少年时的心事,多年后讲起来,总有"为赋新词强说愁"的味道。因为过去了。难过,忧伤,困惑,愤怒,委屈……所有这些情绪,都过去了。

我以为去了上海,就能终结这段给我带来无尽烦恼的暗恋,我以为自己会很快喜欢上别的女孩。我错了。我像一株被连根拔起的植物,被移入室内,从此告别了风和田野。因为过得不快乐,我像老年人一样热衷于回忆往事。我常常想起最后一次见到阿花的场景:那是中考后的一次返校,6月的尾声,空气中饱含着湿气,大朵低垂的积雨云像即将要开出深灰色的花朵。阿花穿着淡蓝色上衣,骑着自行车,晃悠悠地上了桥,然后变小,变淡,像镶嵌在灰色墙面里的一小片青瓷,随即消失。

从此,我把那样阴沉欲雨的日子,定义为想念阿花的日子。

阿花去了"省中"。那届初中,算我在内,有5个人考取"省中"。我给阿花写信,为了掩饰心虚,也为了避免信被截获,我在信封上写了4个人的名字,包括从没说过话的同学。在信里,我写了些冠冕堂皇的话——很遗憾没继续做同学啦,很想念大家啦,学习忙不忙啦之类的。等信寄出去我才想起来,我的学校有两个校区，相隔四五公里。我怕邮递员会送错地方，于是每天放学后，两个校区来回跑。这样持续了3个月，我想，阿花大概是没收到信吧。

时间过得很快，因为回忆起来每一天都差不多。快高考了，我爸是小镇有名的"填志愿专家"，我知道，阿花爸爸一定会来找我爸填志愿，他们俩是老同学。

我给我爸打电话，他习惯性地说："等一下，你妈在厨房。"

我说："不不，我找你。"

我爸有点紧张，因为平时我从不给他打电话。

我支支吾吾地说："阿花爸爸要是来找你填志愿，可不可以让她去上海。"

电话那头有隐约的笑意。我爸故作严肃地清了清嗓子，说："我知道了。"然后告诫我，别胡思乱想，心思要放在学习上。

一个礼拜后，我爸给我打电话说，阿花想读法律，第一志愿填了华东政法大学。

县城有一份日报，每年高考放榜时会出一个专版，刊登所有"一本"的录取信息。我盯着阿花的名字发呆——西南政法大学。

后来我才知道，那年填志愿前的全校动员大会上，校长发明了一个词——"天女散花"。他说，没有绝对的把握，就不要考沪宁线上的学校。我们要天女散花，要考到全国去！好男儿志在四方，好女儿也志在四方！

阿花的班主任也说，华东政法大学的分数线太高了，报西南政法大学比较稳，学校又一点儿也不差。

9月，阿花以高出华东政法大学60分的成绩远赴重庆。我们就这样相继离开了小镇。

很多年后，一个当年和阿花同班的男生跟我讲："阿花也很凶的。"

我说起通往阿花村庄的那条路，说起路边的荷花。男生说："哦，那是芋艿。"

（摘自《读者》2018年第21期）

史铁生同学

◎乔维里

高一的时候学史铁生的《我与地坛》，语文老师为了让我们更加了解作者，特地打印了几篇史铁生别的文章，贴在黑板旁边的"优美作品展示区"，供大家课间阅读。

某天晚上，轮到化学老师看晚自习。彼时班里静悄悄，大家都在为当晚的数学作业抓耳挠腮，化学老师有些无聊，没人注意到他背着手站在作品展示区旁，看史铁生的文章看了好久，边看边赞叹不绝。

然后他笑嘻嘻地走到第一排同学的座位旁边，低头小声地问道：

"咱们班哪位同学是史铁生啊？这作文写得真的太好了！就是人生经历有些太……"

第一排的同学数学题还没解完，被化学老师直接问蒙了，一边"啊"地抬头，一边看到化学老师认真的眼神，确定他并不是在开玩笑。

虽然化学老师问话的声音很小，但经过片刻的停顿之后，前排还是爆发出一阵大笑，后排的同学都在问"怎么了怎么了"，经过中间同学的传话之后，后排又爆发出新一轮声势更大的笑声。

当化学老师得知史铁生是个很有名的作家之后，嘿嘿一笑。

他这么一笑，简直把气氛推向了高潮，教室里的笑声直接把年级主任都引来了……

自此，我们班就产生了一个常用常新的"梗"：优秀同学史铁生。

经常，如果下一节课是化学的话，化学老师刚走进教室，就总有同学从后门绕到前门，故作严肃地敲一敲门，说："请你们班的史铁生同学出来！"

然后教室里又是一阵爆笑。

还有，总有同学在上交的化学作业本上署名"史铁生"。

有一次遇到一道很难的化学题，班里只有一个人做对了，化学老师想请他上台给大家讲一讲。然后他一边念叨一边翻作业本，说："我来看看唯一做对这道题的是哪位同学，我看看啊，在这在这，找到了，是史铁……生？嗐！同学们你们这……"

然后班里又是一顿狂笑。

后来这个梗大家习以为常，比如班级的值日表上偶尔会出现史铁生的名字；比如班主任从教室后面的储藏间发现了足球，问是谁的,男生们会异口同声说是史铁生的;再比如只要是有全班一起签字的时候,甚至毕业前大家互相写同学录的时候,每次总有人不忘把史铁生的名字写上,字迹不一。

就连毕业后的第一次聚会,班长说可能这是咱们班最后一次聚这么齐了,忽然就有同学反驳他,说:"也不是,这次史铁生同学没来。"

大家略过悲伤的气氛,又开始笑了起来。

我们看到坐在一边的化学老师也笑了,笑着笑着开始抹眼泪,说:"你们这帮孩子,可把你们送走了。"

然后不知道谁说了句,没事,老师!这个梗我们已经发在校内网了,下面的学弟学妹都看得明白!

果然化学老师看起来也不那么悲伤了,并且反而有点气急败坏。

这大概是我们班里最奇怪但又最好玩的梗了。后来的几年大家都不再用QQ,几经波折终于在微信群里把人拉齐了,也不知道是谁,悄悄地把自己的群昵称改成了"史铁生"。

某天大家发现了,都在群里拍一拍他,问他是谁。

过了一会儿,那位"史铁生"发来语音,是化学老师的声音:"同学们,是我啊。"

那是个傍晚,我刚从单位开车回家,路遇夕阳,化学老师的语音里背景声音嘈杂,但不刺耳,能听到在背景音之外不太远的地方,校园铃声响起,有学生在嬉戏打闹,广播站在播报着什么。

那时候我高中毕业已经许多年了，而手机语音那头，似乎还是多年以前。

（摘自《读者》2023 年第 2 期）

深山里的诗歌课

◎焦晶娴

对贵州深山里的一群孩子来说,写诗和摘玉米一样皆属日常。

诗意可以诞生在任何时刻。一次放学后,他们小心地绕过庄稼和烤烟苗,踩在嘎吱作响的松果和杉木叶上。他们嬉笑着,朝对方脸上吹蒲公英,往对方身上挂带刺的合欢叶子。

当时正值傍晚,远山连绵,炊烟飘进云里。原本内向、瘦弱的男孩袁方顺,漫不经心地吟起刚作的诗:"金黄的夕阳/天空无处藏/眉眼形如弓/做(坐)着剥莲蓬。"他解释说:"云朵是太阳的眉眼。"

一只金龟子爬到他手上。他顺从地让它爬上胳膊,然后微微倾斜手臂,引它爬回叶子。

袁方顺是班上最高产的小诗人,3年里用掉了10个诗歌本。

他的父母离婚已经两年,他不愿再提起对妈妈的想念,但他还是会读自己写的那首诗:

"以前你是春天的光彩 / 可你离开了我 / 我在柳树上贴着'妈妈我想你了'/ 流水像你的头发随风飘扬 / 鹅卵石上也有你的微笑。"

袁方顺所在的班级是六年级唯一的一个班,71 名学生刚好挤满教室。3 年前,语文老师龙正富开始在班里上诗歌课。从此,每天都会有人把新写的诗悄悄递给他。

如果只看学习成绩,他们并不算优秀:4 个乡镇的 35 个班中,他们语文和数学的平均分都在 60 分上下浮动。他们脸上总带着泥土和"高原红",看起来无忧无虑——课间爬到树上捡羽毛球拍,在开裂的操场上跳皮筋、跳绳,上课铃一响,就将手里的篮球随意扔进草丛。有老师形容给他们授课的过程像"牵着蜗牛散步"。

但他们会写沉甸甸的诗,有关死亡、离别和思念。

"可以什么都不做"

在诗歌课上,龙正富上来就说:"你可以做很多事,也可以什么都不做。"

课堂上,龙正富总把身体压得很低,很少表达意见,只是不停地发问:"你看到了什么?""你喜欢他的表达吗?""别人喜欢不喜欢重要吗?"

40 分钟过去,课件还停留在第一页。不停地有学生站起来分享自己的观察。"你们说得太好了，我觉得我不敢多说"，龙正富在讲台上激动地攥着手。

下课后，孩子们追着给他看诗。他坐在厚厚一沓本子旁，轻轻地读诗、拍照，然后郑重地写上批语。即使有些句子平平无奇，他也会画上波浪线，打上叹号。批语大多无关好坏，多是一些他对诗里情感的回应。

有孩子写："阳光透过窗户 / 照在房里 / 使我每天都露出了 / 牙。"他批："老师也开心。"有孩子写："我走在路上 / 发现 / 我的影子一直 / 悄悄跟着我。"他批："当我们停下脚步，留心周围，也就开始关注自己，关注生命。"

龙正富接触诗歌课源于一次偶然。2019年，公益组织"是光"（国内最大的乡村诗歌教育公益组织——编者注）和黔西市教育局合作，给当地的乡村教师提供诗歌课程的培训。申请表发下来，校长转给教导主任，教导主任转给龙正富。龙正富边想边填，直到晚上才填完。

龙正富班上的孩子们语文基础不好，但这并不影响他们进行诗歌创作。

"诗歌就像一个好玩的游戏。"一个男生说。他是班上最调皮的男生之一。在班主任眼里，他成绩不好，但在劳动的时候很积极，会主动拿着铲子去厕所淘粪坑，粪水溅到身上也不介意。

这个男生自己最喜欢的一首诗，是他在看到一只小狗被撞死后写："当我的小狗出车祸时 / 我会用我的手 / 轻轻地 / 抱起来 / 当我看见它的身体时 / 我的泪眼 / 瞬间掉在我的心上。"

"在诗里，我可以自由地表达"

龙塘小学所在的重新镇，大部分年轻人选择外出务工。龙正富说，如果没有诗歌，他很难获得孩子们的信任。之前孩子们的情绪会在某一天突然变化，比如突然不愿意说话，或者在课堂上掉眼泪。他问孩子们怎么了，孩子们什么也不说。

3年前他开始上诗歌课，他带着孩子们读诗、写诗。一学期结束，孩子们写出的只是"流水账"，但他还是耐心地给每首诗拍照、写批语。

慢慢地，孩子们放下了防备。一个孩子原来总是上课睡觉，从不和龙正富说话。一天深夜，他突然给龙正富发信息，说自己反锁了房门，想从楼上跳下去。

后来龙正富了解到，这个孩子不到一岁时母亲就离开了家，他一直跟着爷爷奶奶生活。父亲正准备再婚。母亲想见他，却又托人说，见面时要孩子装作不认识她，喊她"阿姨"，因为她的新家庭不知道她有孩子。

"我30多岁了，这种事我都不知道怎么面对，让一个孩子去承担，怎么可能呢？"龙正富说。

林怡是班上的第二名，但她的父亲说："不希望她有多么优秀，就希望以后找工作好找一点。"得知女儿写诗得奖，他只当是"老师布置的作业"。

一个人的时候，林怡会花很多时间发呆。当太阳落在山尖尖上，她就站在猪圈旁的葡萄藤下，望着山，直到太阳的影子从山上消失。

"我会想山那边的人,看太阳会不会很近很近?还是说他们面前也有座山,太阳其实是从那座山上落下去的?"

《月亮》这首诗就是林怡在独处时写的。"把我的小硬币放在纸下/用手电一照/你别告诉别人/我在纸上发现了一个小月亮。"

从3岁起,林怡就习惯了送别外出打工的父母。如今,她将思念藏得很深。母亲上班前给她打电话,她不知道说什么,但也不愿意挂电话,最后只能没话找话地问:"妈妈,你就要上班啦?"

"是啊,我们这边天都黑了。"

"可我们这边天还很亮!"

想要看懂她很难。她有两个诗歌本,一个用来写记录心情的诗,一个用来写给老师看的诗。在那个其他人没看过的本子上,她把孤独和悲伤化为竹子上的雨珠、踩在脚下的泥土。

她说,即使是一些看起来快乐的诗,背后也有不开心的秘密。"在诗里,我可以自由地表达,"她很满意大家都读不出来那些不开心,"我也不想让他们知道。"

孩子们的诗里有复杂而微妙的情绪。比如写失望:"我马上就要摘到星星了/可是楼梯一滑/我摔倒在地上。"

写怜悯和救赎:"夕阳把光/洒在水底/仿佛/想拯救以前/落在水底的小孩。"

写残酷的告别:"雪人/望着冬天离开的背影/可是冬天没有留下/而是/转过头来笑了笑。"

他们用树、风、天上的星星、地上的田野，包裹自己隐秘的现实生活。

"回到生活中"

距离孩子们毕业还有一个多月，龙正富把5月的这堂诗歌课主题定为"转角"。

他准备的课件上放着尼采的诗《我的幸福》："自从厌倦了求索/我便学会了看见/自从一种风向和我对着干/我便乘着所有的风扬帆。"

龙正富有些动容："这首诗送给你们，也送给我自己。这几年是你们陪伴了我，是你们的诗歌陪伴了我。"

他回想起自己曾带学生们去树林中漫步，去小溪边抓小鱼，把鞋子甩在一旁。玩累了，坐在草地上写诗，孩子们用笔拨弄虫子，把草含在嘴里，花瓣撒满本子。

很多诗都写于自然中。一个女生说，她坐在山顶，听到鸟在叫，猫在跑，自己的本子差点被风吹掉。

她写道："小鸟去捉风不想让风走/可风太大了/风却把小鸟捉着了。"

"诗意是叙述文字之外的真相"，诗人朵渔给乡村的老师和孩子上过课。他发现孩子们很擅长捕捉诗意，虽然写出的文字并不完全是诗歌，但里面有诗最核心的东西。

"他们对这个世界的感受是初次的，他们在感受和命名这个世界，这就是诗人干的事情。等他们长大了，这种能力很可能会消失。"朵渔说。

龙正富希望能通过阅读和郊游，唤醒孩子们对生活的感知。他发现很多孩子的生活是贫乏的，家长的情感缺位和对成绩的焦虑，让孩子们丢失了看见周围世界的能力。

他觉得小学阶段是孩子们最依恋家长的时期，他说："如果这时候接触太多权威、固化的东西，孩子们就会失去个性，想象力会被磨掉。"

渐渐地，孩子们的表达也发生了变化，"在慢慢接近他们所看到的、真实的东西"。

班上有个"问题"女生，原来总喜欢恶狠狠地瞪人，和母亲吵架、离家出走，在草堆里过夜。但开始写诗后，一次她和母亲去种玉米，看到母亲忙碌的手上有密密麻麻的褶皱，指甲剪得很短。于是她写道："我跟妈妈去玉米地了／我什么也没看见／只看见妈妈的那双手。"

一个女生在作文里写爷爷和爸爸的离世："有一天，爷爷说：'宝贝，爷爷要去给你摘星星了，乖乖，我会送到你的梦里。'我知道，爷爷走了，这是善意的谎言。

"晚上，咚咚咚，有人在敲窗子。我睁开眼，啊，爷爷怎么在窗子边？我连忙把窗子打开，爷爷手上有星星的残渣。我擦了擦眼泪说：'我不介意的。'

"我以为这已经是很难过的事情了。直到爸爸也走了，他对我说了最后一句话：'宝贝，爷爷太孤单了，我去陪他，别哭，别闹，静静地等待夜晚和我的到来。'"

"你从她的文字中能感觉到,她很沉痛,但这种分别呈现得很自然,她的情感很克制,也很有力量。"龙正富说。

"成长就是放弃想象的过程,"朵渔读孩子们的诗,发现他们拥有大人失去的勇气,"大人被现实一锤一锤砸下去了,但孩子们没有。对生死,对宇宙,大人想不通就不想了,但孩子们会追问。"

龙正富受孩子们的影响,也开始读诗、写诗。过去他总觉得自己太感性,聊天聊得激动时总会红了眼眶。

"诗是宁静中回忆起的情感",从诗中他学到了克制和调整。龙正富喜欢读汪国真的诗,他说:"他激动、澎湃的情感,是用诗的语言压着的。这是一种克制的力量。"

看到班上的学生对异性萌生爱意,龙正富并不会指责,"有时候他不是感受到了爱,而是缺少爱,感到空虚,想寻找寄托,想寻找懂他的人。大人都会有这种冲动,更别说孩子。"他会讲关于爱情的诗,讲真正的爱是"志同道合"。

"顺着石头的缝隙流淌"

有人问朵渔,学会写诗后,就算孩子们未来留在山里成为农民,会不会也是快乐的农民?

朵渔笑着打破了这种幻想,说:"可能会成为一个痛苦的农民。他会对美有更高的追求,情感会更丰富,也可能更敏感、更脆弱。他可以逃避到诗里,但撞到现实会更痛。"

不过他又说:"诗歌就是在痛苦中寻找快乐。痛苦更深,快乐也更强烈。"

"写诗会让一个人即便在人群中，也像独自一个人。它让人更容易从现实中抽离出来，将周围的世界当作一个可观察的客体。"

这是诗歌独有的力量。林怡看到家门口落在地上的葡萄，她会想，那代表着葡萄藤无法承受的重量。"但葡萄藤并没有把葡萄全丢下，那么我遇到挫折了，我也不想把它丢下。"

班长顾敏常被班上的男生说"彪悍"，但她有一个粉色的硬壳本子，里面写满了诗，比如这首《给全世界的信》：

"小树姐姐给全世界／写了信／小河、大海／也收到了／只留下光秃秃的自己。"

父母离婚后，顾敏一直跟着母亲生活。诗歌里存放着顾敏的勇气，她写道，自己的理想是"成为经济独立的人"。她写妈妈："妈妈就像我的太阳月亮／白天夜晚都在保护我／倾覆着我的全世界。"

"诗可以帮助他们建立一个价值体系。也许有人说，靠写诗又考不上好学校，有什么用？但如果一个人从写诗得到的成就感和快乐足够大，他就不会受到外界的伤害。"朵渔说。

"我们教孩子写诗是为了培养心灵，不是为了培养诗人。"朵渔回忆，20世纪八九十年代，写诗在校园里是种风潮，但当年诗社的同学中，现在还坚持写诗的只有他一个。

"坚持下来的概率是极低的。但诗歌可以帮人们探索生存的边界。"朵渔说。

7年前,"是光"的创始人康瑜在云南的一所乡村小学里支教。除了写诗,她还带着孩子们唱歌、跳舞。她离开后,只有诗歌留了下来,"即使没有老师,孩子们仍然每天写诗"。

"像种子一样温和地落在地上,"康瑜形容诗歌在应试教育中的存在,"就像小溪流过,不是推开石头,而是顺着石头的缝隙流淌。"

龙正富带过很多届六年级,但第一次认真地替孩子们设想他们毕业后的未来:"他们以后会遇到怎样的人?又会怎样努力成长?"他打算把班里孩子们的诗做成诗集,在毕业晚会那天发给每一个人。

总有孩子送来折好的星星、写的字条、橡皮泥捏的苹果。他们问龙正富:"如果我们以后还写诗,能发给你看吗?"

袁方顺说,成为初中生后,他不想写以前的诗,"要写快乐的诗"。即使现在他的书包里装着考了十几分的英语卷子,即使那些崎岖的山路,还将是他一个人走。

他在《我》这首诗里写道:"我也许是一个小小的 / 童话 / 在这里永远的歌 / 永久的梦 / 都在我这个小小的 / 诗里 / 我想穿过一丛灌木丛 / 在里面 / 流星永远不发光 / 白天永远不昏暗 / 水坑永远是小句号 / 这篇童话永远长不大。"

(摘自《读者》2023年第16期)

菜园里的教育

◎郁喆隽

说起教育，我们大概就会想到正襟危坐、面向黑板、聆听老师讲课的课堂教育。可是，有一群孩子在菜园里，接受了更为有趣的教育。他们在老师的指导下，自己种植萝卜、水芹、红洋葱、马铃薯、生菜、球茎甘蓝、罗勒、西红柿、四季豆、甜椒、胡萝卜、茄子、南瓜、节瓜和各种鲜花。他们还用自己的双手直接松土、捏碎肥料，每个手指缝里都弄得脏脏的。在为植物浇水、施肥的时候，他们还看到了瓢虫、蜜蜂，摸了蝼蛄、蜗牛和蚯蚓……这就是荷兰纪录片《菜园学堂》介绍的一种教育模式。

就在100年之前，荷兰还是一个贫富差距很大的国家。阿姆斯特丹市中心的某些城区里居住着赤贫的工人。他们的孩子就在附近的公立学校上学。有些学校为了解决食物短缺问题，索性就利用校园里的空地种菜。当时，阿姆斯特丹一共有13所学校拥有自己的菜园。如今已经没有学校需要靠种菜来丰富餐桌了,可还是有几个菜园被保留下来。每年春、夏、秋三季,孩子们就去菜园上种植课和园艺课。

初来乍到的小孩子叽叽喳喳,有的紧张,有的懵懂。老师问,食物是从哪里来的?很多孩子会说,是爸爸妈妈带回家的,或者是从超市里买来的。不过,很快他们就明白了,很多食物是从土地里种出来的。有些植物,需要从春天开始翻土、分垄、落种,到秋天才能收获。而有些蔬菜在夏季一季就能收割好几次。孩子们用自己种出来的菜,加上一些简单的作料和橄榄油,就可以拌出一盆新鲜、美味、环保的沙拉。他们还把菜园里的菜带回家,和爸爸妈妈、爷爷奶奶一起分享。在纪录片中,孩子们还进行了胡萝卜称重比赛,最重的一根达到了800克。

老师在菜园里安装了运动感应式摄像头,居然拍摄到了各种小动物的来访——喜鹊、乌鸦、刺猬,还有狐狸。狐狸把这片菜园当作自己的"销赃点"——它将偷来的鸟蛋都埋在土里,可是时间长了连它自己都忘记具体地点了。在水边的菜园里还可以见到一些水生生物,例如水虱、小龙虾,甚至是水蛇。水蛇喜欢在肥堆里产卵,因为那里的温度稍高一点。

当所有的蔬菜都被采摘后,土地会迎来小半年的休养期,等待来年开春再次开始种植。其实菜园课堂的意义并不在于忆苦思甜,而在于耕耘与体验。或许只有通过种植,人们才能体会到终极的获得感。人在耕种的时候,培育了自己。天道与人道都在菜园里。

(摘自《读者》2021年第13期)

父亲头上的雪

◎李柏林

那年冬天,雪下得比往年的大一些。那是父亲人生中最让他感到高兴的一场雪——我就是在那个下雪天出生的。父亲一大早去找医生,在大雪里踉踉跄跄地奔行。雪花落在父亲的头发上,他丝毫没有察觉。就这样,在漫天的雪花中,我开始了与父亲的故事。

那时,父亲在村小教书,收入微薄。一家人住在学校的一间简陋的安置房里。单凭父亲的收入是根本养不了一家人的,生活中很多东西只能靠赊账才能买来。父亲每到年关便开始发愁,可是,他一个师范毕业的老师,除了舞文弄墨,别的也不会。于是,在快过年的时候,他想到了卖春联。

父亲开始在学校一间闲置的屋子里"创业"。他买来红纸,用刀裁好,然后便开始写了。因为白天要去卖春联,所以他只能晚上写。他经常写到半夜，就在那间屋子里披着外套睡去。我早晨去那间屋子玩，就会看见凝固的墨水，还有地上晾干的春联。

天气晴好时，父亲去集市摆摊卖春联；如果碰到雨雪天，就只能收摊。摆摊就是看天吃饭。可是，他总不能因为坏天气就在屋子里耗上一天。于是，父亲找来蛇皮袋，背着他的那些春联，一个村子一个村子地去卖。一副春联很便宜，可是父亲翻山越岭，从一个村子到另一个村子，却是十分辛苦的。

等到父亲回来时，天已经黑了。他带着满身风寒站在门外，全身都是雪。他把蛇皮袋放下，然后在外面跺掉脚上的雪，拍打掉身上的雪。我在屋里笑着说："呀，爸爸变成白头发的老爷爷了。"父亲笑着回应："那我给你变个魔术，马上变成黑头发。"他用毛巾拍掉头上的雪，头发也从花白变成湿润的黑色。

刚上学的那个暑假，我特别喜欢出去玩。但是平日里操劳的父亲，总想在中午休息一会儿，又害怕我出去乱跑，于是他想了一个办法。父亲会在午休的时候喊我去给他拔白发，十根一毛钱。我刚上一年级，这样既可以锻炼我数数的能力，又可以让我不乱跑，可谓一举两得。而对我来说，这是赚零花钱的最好方式。

那时父亲才三十来岁，已经有白发了，可这成了我的"生财之道"。我在父亲的黑发里寻找着白发，将白发一根根地拔下来。有时候，我看见一茬头发里有好几根白发，便兴奋起来。有时候，我会将两根一起拔掉，然后哈哈大笑。经过多次试验，我找到拔白发的窍门，比如后脑勺的头发拔起来最疼，头顶上的头发拔起来最容易。每次拔完，我都要炫耀一番我的"战果"。

后来上了初中，我不好意思再拔父亲的白发，我们之间的交流也变少了。

一个下雪天，父亲骑着那辆破旧的自行车来学校接我。因为成绩不好，我沉默着。他让我在车子的后座上撑着伞，并说："你别挡住我的视线，下雪天路滑。"我坐在车的后座上，看着自行车在雪地上留下一道痕迹，看着他在风雪中头发开满白色的花。我忘了在哪一刻，我发现有些雪花是拍不掉的，有些风霜永远地留在了他的头上。

如今，我已经大学毕业，父亲不用再为了我四处奔波，不用在下雪天骑着自行车带我回家，也不用为了让我不乱跑，想出拔白发的法子，更不会因为我的成绩不好，在一场大雪中那样沉默。但他还是会像以前一样，上完课后小跑回家，在门口停下，跺跺脚上的雪，把帽子取下来拍拍上面的雪。可是那白发终究不像从前那样，拍一拍就变成黑发。那些雪花再也拍打不掉，那些风霜成了他生命中的一部分。

可每当想起那些被我拔掉的白发，我的心里就会下一场雪。

（摘自《读者》2023年第17期）

送　别

◎ 童庆炳

母亲怎么也没有想到，十九岁的我，要离开家乡到北京读书。她事先完全没有准备，一切都来得太突然。不但在她的想象中，而且在我的想象中，北京简直就像天边一样遥远。

1955年，福建还不通火车。从我家乡连城县出发，要坐五天的长途汽车，才能到达有火车的江西鹰潭。山高路险，行程艰难。"宁化、清流、归化，路隘林深苔滑"，毛泽东的词句所描写的路，正是我去北京的必经之途。那时候，我们那里的人去一趟北京，感觉上比我们现在去一趟西欧、北美还要遥远得多。记得我在龙岩读中等师范学校时，有一位老师长途跋涉去北京开了一次会，就像出了一次国似的，回来后在全校作了一个报告，专门讲在北京的见闻。至今我还记得，他津津有味地讲北京冬天街道两旁的树干，都涂了像人一样高的白灰，远远望去，像一排排穿着白衣的护士整齐地站着。

我去北京读书的消息,经乡亲们渲染,变得"十分重大"。祖母和母亲手足无措,心绪不宁,不知该为我准备什么好,更有一种生离死别之感盘桓在她们心间,折磨她们。可理智上她们又觉得儿孙"进京"读书是光宗耀祖的事情,是不能轻易哭的,离别的痛苦只能忍着。所以我离开家时,祖母始终是平静的,起码表面上如此。

我出发那天,母亲要送我到离我们村子十五里的朋口镇去搭汽车。她着意打扮了一番,穿一身新的士林蓝布衫,脸上搽了白粉,嘴唇也好像用红纸染过,脑后圆圆的发髻上还一左一右插了两朵鲜红的花,让人觉得喜气洋洋。那十五里路我们是如何走过来的,在我的记忆中已很模糊了。唯有在汽车开动前,母亲"空前绝后"的哭和止不住的眼泪,至今仍历历在目。她拉住我的手,语无伦次地说:"北京'寒人'(冷),要多着衫。实在有困难要写信给家里讲,我会给你寄布鞋。我知道你惦记祖母,不要惦记,有我呢。也不要惦记弟弟妹妹,有我呢。读书是好事,要发奋,光宗耀祖。毕业时写信来,让你爸写'捷报',在祖宗祠堂贴红榜,大学毕业就是'进士',就是'状元''榜眼''探花'……"说着说着,她突然流下了泪,而且那泪像家门口的小溪那样滔滔汩汩,堵不住,擦不完,完全失控,后来母亲竟失声痛哭。她的哭就如同蓄积已久的感情的闸门被开启,非一泻到底不可了……后来她不再擦她的眼泪,任其在脸上自然流淌。她哭着,嘴里还说着什么,但我已经听不清楚了。我只觉得自己无能，在这个时候竟说不出一句恰当而有力量的话来劝慰母亲，只是傻傻地待着，还轻声说："妈，你别哭了！人家看咱们呢！"谢天谢地，汽车终于开动了，她似乎意识到离别终成事实，便举起了手。我从车窗探出头，看见她泪流满面，这时我发现自己的眼睛也湿润了。她不由自主地向前跑了几步，但汽车加速了，她向后退去。在第一个拐弯处，她的脸在我的视线中变得模糊了，但我仍清楚地看见，她头上的那两朵红花在晨风中轻轻抖动……

（摘自《读者》2019年第2期）

蝉的话

◎徐国能

蝉叫了，夏天来了。

夏天的白昼是这么灿烂，夏天的夜晚是那么旖旎，六月的世界神秘地切换了天色与风向，还有一些人淡淡的人生。我欢乐的回忆，几乎都融入了夏天的光影：小学最庄重的毕业典礼、海浪潮湿的气息、联考后松了一口气的长假、树荫下的阅读沉思、长途旅行与旅程中静谧的黄昏、婚礼的钟声、午后的梦……这么多美好的事，幸福已满溢生命的酒杯，就像夏日，无处不流淌着如蜜的金色艳阳。

但我不能忘怀的，是初次对夏天的知觉，是蝉声。到了五月，校园里蝉声稀稀拉拉并不引人注意。到了六月，随着高年级练习《骊歌》的合唱，凤凰树上的蝉声和火红的凤凰花燃烧成真正的烈夏，语文课已上到最后一课了，数学课的习题簿也快写完了，怎么还不放暑假呢？窗外是无垠的蓝，一切都显得好遥远。

盼到了暑假，爸妈规定一天要读一首唐诗。七月雨后的黄昏，读到了"倚杖柴门外，临风听暮蝉"，是啊，滂沱的西北雨一停，夕阳照满大地，是父亲下工回家的时刻，也是蝉声重燃的时刻，再晚一点就是蛙鼓了，雨后、黄昏、等待归人的心情，这首诗是好的。到了九月开学前，读到了"蝉鸣空桑林，八月萧关道。出塞复入塞，处处黄芦草。从来幽并客，皆共尘沙老。莫学游侠儿，矜夸紫骝好"，这诗对我来说太难了，不过八月蝉鸣，确实切合时景，尤其是那个"空"字。没错，蝉鸣的夏天实在是很空疏的，我不知道是因为单调的蝉声令人无聊，还是因为蝉鸣急切，更衬托出一种疏懒的假期心理。

一季的蝉都在说些什么呢？诗里面提到很多："露重飞难进，风多响易沉。无人信高洁，谁为表予心。"原来蝉有许多高洁的思慕，却得不到世人的理解。蝉不断地告诉失意的诗人，其实寥落与幽独，正是人间最耐品尝的况味。这些话，我默默记在童年的心里，却是近来才慢慢听见，渐渐理解的。

暑假已至，我牵着女儿在校园里散步，原本充满廊庑的笑语，应该也追逐着我年轻时夏日追逐过的世界远去了，校舍空成一种心意。暮色里蝉声如雨，还是那样清切。四岁的女儿问我，蝉都在说些什么呢？我说和我们一样在说童话故事吧！是什么故事呢？

我握着她的小手缓缓走进蝉声里，那样幸福的雨水打湿我的心，是什么故事呢？我蓦然想起刚上中学时，音乐老师教过的一首歌:"夏天一到,我就悄悄地想起,茅屋旁的池塘,晴朗的天空,清晨浓雾照着翠绿的山峰,水田里的秧苗,小小的山冈。每当芭蕉树要开花时,一朵朵含羞地开在幽静的池塘边。金黄色的夕阳西斜,晚风轻轻飘。多迷人的光景,难忘的回忆。"唉!年年岁岁,蝉说的应该就是这样的故事吧。

(摘自《读者》2023年第14期)

读加缪的异乡人

◎ 严　飞

地图上的距离

北京是有"江湖"的，比如来自安徽做装潢的师傅，大部分聚集在顺义的李桥镇半壁店村；来自江西做门窗的，则普遍集中在朝阳区的管庄、三间房。老杨的店铺就在朝阳区双桥东路上，说是店铺，实际是一间小门面房。老杨代理了一个门窗品牌，已经做了快 20 年。

2019 年的夏天，我请老杨来家里帮忙安装门窗，他的手艺精湛，窗扇与窗框的搭接严丝合缝。完工的那天，老杨询问我，是否可以让他儿子加我微信向我请教一些学习方法上的问题。他的儿子刚升入高三，成绩总是提不上去，老杨心里着急，自己又不懂，所以就想到我，希望可以给他儿子"敲打敲打"。

就这样,他的儿子军军第一次进入我的视野。军军的微信名就是他父亲代理的门窗品牌名,头像也是他父亲做的门窗样品,第一眼很难相信这个微信头像的主人实际上只是一个17岁的少年。在聊天中,他非常有礼貌地告诉我:"家父外出创业,我们是爷爷奶奶带大的。我是我家第一个孩子,压力可能会比较大。我们家没有一个人上过大学,高中生还只有我一个。我想把书读好,然后找一份好的工作,不让父母辛苦。"

这个使用"家父"作为谦辞的少年,第一次高考模拟考试只有350多分,而江西省的高考满分是750分,这意味着如果他不提高成绩,就没有办法通过高考考上大学,但考上大学是老杨对儿子的最大期待。

军军认为他需要一套完整的学习方法,但问题的症结,很大程度上在于他所在老家的学校缺乏合理高效的学习安排,老师们只是用最原始的填鸭式教学,让学生们不断地通过高强度、长时间的做题来掌握知识。用军军的话说:"我高中摸索了3年还是没有找到什么好的学习方法。面临高考,我束手无策。"

2017年北京高考的文科状元,一个18岁的高中毕业生,曾说过这样一番话:"农村地区的孩子越来越难考上好学校。像我这种属于中产家庭的孩子,衣食无忧,家长也多是知识分子,而且还生长在北京这种大城市,在教育资源上这样得天独厚的条件,是很多外地孩子或农村孩子完全享受不到的。这些东西决定了我在学习的时候,确实能比他们走很多捷径。"

我不想看到这位想把书读好的少年就这样被淘汰,但我并不知道在具体科目上该如何给予他学习方法的指导，也许，我可以成为他的一扇窗户，让他透过我看到一个没见过的世界，以此获得激励。

我们断断续续联系着。2020年7月末，我收到军军发来的信息，他告诉我高考后自我感觉还不错，刚刚填完志愿。然后又补充问了一句，如果他要帮父亲把门窗生意扩展到国外，应该学习什么？我回答他，不仅要学习好一门外语，也要了解国际贸易进口出口、汇率变动的基本知识。而后，我跟老杨说，你们家就要出第一位大学生了。

2021年的春天，我在北京见到了军军，高高的个子，皮肤黝黑，带着些许羞涩与内敛。他的微信名已经改成"远志"，头像也换成了一个拎着一盏灯的孩子，站在山坡向着远方眺望。

他依旧那么彬彬有礼，和我面对面的时候，会一直使用敬语。他告诉我他已经来北京了，现在主要帮父亲做门窗生意，有时候照顾门店，更多的时候则会去工地帮父亲一起干活，打打下手，学习安装门窗。

我惊讶地问他："是因为高考成绩不理想才决定来北京和父亲一起打工吗？"

军军说："最后我的高考成绩是500多分，一共填了7个志愿。有几个上线了，但是理想的学校没有考上，就没去。"

"那你最想上的是什么学校？"我继续问道。

"因为小时候特别想跟父母在一起，所以就想来北京，离父母近一点；或者毕业之后在北京找工作，也离父母近一点。所以第一志愿报了中国传媒大学，离双桥我们那儿好像挺近的……然后没有想到，是以这种方式（打工装窗户）留在了北京。"

长期留守在老家远离父母的经历，对他关键时刻的人生选择产生了决定性的影响。

军军上小学时就被父母送回老家，成了一名留守儿童。越是长时间见不到父母，他越发渴望父母的陪伴和关爱。爷爷奶奶年纪又大，上中学后很多事情没有办法和祖辈交流，心灵上就更加孤单。他渴望共同的生活、相聚的温暖，又想去理解父母外出做工的辛酸不易，理解不了的时候，自然就会产生怨恨和抗拒。每一个像军军一样的留守儿童，都在亲子关系里经历着渴望与埋怨、坚强与脆弱矛盾共生的挣扎时刻。

于是，摆在军军面前的选择就变得很清晰：要和父母在一起，靠近一些，再近一些。他没有选择一所最喜欢、最适合自己的学校，而是选择了一所在地图上距离父母最近的学校。

军军告诉我，从高考出成绩、填报志愿，到后面没有考上想去的学校，那时的自己特别挣扎，感到很难过，心有不甘。他想复读一年，可如果复读就得和父母继续分开，还是觉得放弃读书更好，而真的放弃又会特别伤心。反复挣扎，再三思量，最终，军军还是做出了不再读书、来北京和父母团聚的决定。

"因为我妈妈希望我来，我爸也是。我妈一直觉得自己这些年有愧于我们几个孩子，当她知道我没有考上理想中的学校，便先安慰我，之后也没有说更多的话。

"有时候我去大学看到那些大学生，我感觉他们的人生都是有计划、有安排的，都已经打算好了要去干什么，把时间安排得很好，上完课可以去图书馆转转、去外面走走，都挺好的。因为我很喜欢自由支配时间的感觉，我觉得这种感觉很舒服。如果我一路顺利，跟他们一样上了大学，毕业后找个工作，应该会过那种很平淡的生活，朝九晚五，我会觉得挺充实的。"

我问军军："你还记得2019年你给我发过一条微信，告诉我你特别想好好学习，不让爸爸妈妈这么辛苦吗？"

"对，我发过。"军军沉思了片刻，才回复我，"两年前的确是这样一种想法。但我觉得现在本质上没有发生太大变化，我把这个（门窗）工作接下来了，那他们就不用这么辛苦，他们就可以回（老）家了。"

"对于大学，我确实向往过。"军军最后补充了一句。

学做工

军军的爷爷在浙江打工做门窗，军军的爸爸继承了爷爷的手艺，来到北京继续做门窗生意，而爷爷则回老家照顾留守的军军。读高中时的军军，尚且期盼着通过努力学习改变命运，成为家里的第一个大学生，现实的命运却把他推回到尘土飞扬的工地上，跟着爸爸学做工，在门窗这个行业开始了摸爬滚打。

对于三代都在从事同一个行业，军军告诉我，他的弟弟正在老家上小学，妹妹上初中，他现在最大的心愿，就是希望他们好好学习，不要都干门窗这一行，可以代他实现自己曾经无限接近但最终失落的读书梦想。

面对未来，军军非常清楚地知道自己不得不接受老家传统的婚育观念，也许再过一到两年就会结婚生子。等有了孩子，他希望可以从小就让孩子跟着自己留在北京，因为大城市的教育资源好，他不想再让自己的孩子成为像他一样的留守儿童。但这个年龄的军军并没有办法去理解，因为户籍制度的壁垒，包括教育、医疗在内的诸多公共服务的供给并未出现实质性的改动，他的想法实现起来并不容易。

换言之，一个更有可能的未来，是军军的孩子待在老家成为下一代留守儿童，在亲子分离中默默地忍受孤独；军军的爸爸像军军的爷爷一样，回到老家承担起抚育孙辈的责任，而军军继续在北京打拼和奋斗，并在漂泊中不断消磨自己少年时期的理想。向上流动的通道一直都在，只是需要攀爬的梯子很长。与此同时，军军也充满矛盾，依旧心有不甘。

当我再三追问他，是否真的愿意继续从事门窗这个行业时，军军非常诚恳地告诉我："我不是很想。"他也曾经尝试着自己去打工，但由于每一天都被老板当成最后一天上班那样拼命地派活，完全没有自己可以掌控的休息时间，就没有继续下去，转了一圈还是回到门窗这个行业。

对军军的爸爸老杨来说，虽然内心深处期望儿子可以考上一个好大学，但如果没能如愿，跟在自己身边帮着打理业务，也是一个相对安稳，至少看得到明确未来的选择，毕竟自己在北京做门窗这一行已经快20年，积累了很多客户和工厂资源，如果儿子再走别的路，又得从零开始。特别是在没有学历背景的情况下，道路会更加艰险。

从这层意义出发，"学做工"，其实不仅仅在于"学"，更要有人手把手地"教"。

为了推广、宣传父亲的门店，军军准备做短视频，拍摄如何安装门窗之类的短片，以及展示各种门窗型材的样品，并在大众点评上开网店，通过互联网进行口碑传播。与此同时，军军还准备通过互联网把生意扩展到海外，他目前正在网上自学日语，觉得日本会是一个潜在的市场，可以和父亲做出不太一样的东西来。

同样是学做工，在不同时代成长的打工者对于职业发展的定位、追求人生目标的手段呈现异质化的发展趋向。以军军为例，他对专业技能有着更高的需求，所以才会自己主动去学习日语；同时他又对新技术有着足够的敏感，渴望借助网络平台拓宽新的销售渠道。

无独有偶，《2021新生代农民工职业技能调研报告》表明，在"95后"新生代农民工中，有高达69.1%的被调查者渴望获得职业技能培训的机会，只是在公共教育体系的供给端，却鲜有能做到精准定位打工者的职业技能需求，提供多样化、个性化优质课程的机构。一直到现在，军军还在独自摸索，就如同高三时一样，努力寻找着一套可以提高学习成绩的技能与方法。

异乡人

军军喜欢读书，尽管最终放弃了上大学，他还是会经常去问那些正在读大学的同学，他们学校会推荐什么书，买什么教材。问到之后，他都会去看一下那些书是否适合自己。

我问他："最近在读什么书？"

军军告诉我，来了北京以后，最近在读《我在北大当教授》，学习到一些思维方式上的培养方法；还有一本《策略思维》，关于日常生活中的策略竞争对他很有启发；以及加缪的《异乡人》。他最喜欢的就是加缪的《异乡人》，虽然不是很懂，但已经读了两三遍，这是他的日常文学课。当军军说出加缪的时候，我更加相信，他在内心最深最柔软的地方，一直没有放弃读书的念想，就如同《异乡人》封面上所写的："我知道这世界我无处容身，只是，你凭什么审判我的灵魂？"

我好奇地问军军："你为什么会喜欢这本书？是因为'异乡人'这个书名吗？"

军军很诚实地回答："对，书名的因素有一点，毕竟是外地人来到北京，会觉得自己就是异乡人，把自己代入进去。不知道为什么，我出来之后会觉得身边的同龄人有些幼稚，在性格方面，我感觉自己跟他们不太一样，像一个外来的人。我觉得《异乡人》展示的就是另类的生活，跟大家不太一样的生活。主人公（默尔索）跟他父亲的矛盾，感觉从童年起就对他产生了一定的影响，到后面他在法庭上对神父和那些法官说的话，我觉得都很有意思。"

来到北京的军军，和父母挤在一起住，日常都没有机会去北京的商业中心和那些有特色的小胡同里看一看，也几乎没有去过什么公园；他去得最多的地方，就是北京的各个小区，跟着爸爸一起去做跟门窗工程相关的事情。

北京对军军来说，并不是一座五光十色的都市，而是无数个等待装修的楼宇和工地，凌乱、混浊，有漫天的尘土。在那里，有些人来了，有些人走了。我请军军在书里找一段自己最喜欢的话，读给我。到了傍晚，"远志"的微信头像浮上来，是军军发来的一段音频。他的声音低沉而平静，仿佛蕴含着某种超越了他年龄的力量，让他纷乱的意念得以收束：

"此时，在这黑夜尽头、拂晓之前，我听见汽笛声响起。它宣示着旅程即将展开，通往从现在直到以后对我而言已完全无所谓的世界。许久以来第一次，我想起了妈妈。我想我了解为何她在生命来到终点时找了个'男朋友'，为何她会玩这种从头来过的游戏。即使是在那里，在那个生命逐一消逝的养老院，夜晚依然像个忧郁的休止符。与死亡那么靠近的时候，妈妈必然有种解脱之感，而准备重新活一次。这世上没有人，没有任何人有权为她哭泣。我也像她一样，觉得已经准备好重新活一次。仿佛那场暴怒净化了我的苦痛，掏空了我的希望；在布满预兆与星星的夜空下，我第一次敞开心胸，欣然接受这世界温柔的冷漠。"

（摘自《读者》2023年第2期，有删节）

择人瓶子论

◎刘　润　万　青/整理

在我14年的职业生涯中,亲自面试的人应该不下1000人,看过的简历则更多。

今天,我把这么多年来的观察分享给你,聊聊我是怎么判断一个人是否能够快速晋升,被委以重任的。

关于这个问题,我有3个标准。你可以在脑海里勾勒出一个瓶子的样子,然后用3种不同的视角来审视这个瓶子。

第一,看瓶子里现在的水位。这代表一个人的能力水平。

水位的高低很重要,如果水位特别低,说明此人没有能力积累,是没有办法解决实际问题的。

第二,看瓶子有多大。这决定一个人成长的"天花板"有多高,决定他未来能成长为什么样子。

我们经常听到一句话:"这个人,大概以后也就这样了。"这句话背后隐藏的含义是：这个人的格局也就这么大了。所谓"格局"，就是指"瓶子"的容量。"瓶子"容量太小，就很难从别人的角度去思考问题，无法追求彼此间双赢的合作关系。在自己的小循环宇宙体系中，以自我感觉为轴心，周而复始地自转，始终无法和周边关系进行联动，形成大循环，正向增强回路体系。或者说，以这个人的思维方式，在遇到问题之后，他会总是劝慰自己：其实我已经做得挺好了；其实这个问题没有更好的解决办法；其实我没有做好，都是因为意外……

你会发现，他总是试图把责任推卸给别人，以此来发泄内心的不满。也就是说，这个人"瓶子"的容量不够大，即格局不够大，以后就很难成长。

人的成就永远无法超越他的思想格局。

第三，看瓶子中水量的增长速度是不是足够快。这意味着一个人能力和水平提升的速度。

有些人的能力水平可能今天并不高，那是因为他还年轻，工作年限不长，过去的经历不足，之前没有遇到非常好的公司进行系统化的职业培训，从而导致能力水平不够。

有的人"瓶子"进水的速度就像海绵吸水，"知识泉水"只要倒进去，立刻就没了踪影，全部被快速吸收。而有的人呢，"瓶子"在进水时其瓶口就像盖了瓷盖，外观华丽，晶莹剔透，甚至光彩夺目，但就是滴水不进，吸收不了一点儿外面的东西和不同的意见。

"海绵体质"的人，对很多事情充满好奇心。他们总是关心：

这件事你是怎么做的？告诉我，你是怎么成功的？他们在追求甘甜的知识泉水的道路上永不止步，并且总是乐于接受挑战。比如：这件事还能做得更好吗？我不相信这就是最好的状态，我要再试试看。然后他们会兴奋地去尝试，一次又一次，哪怕头破血流，也要达到最优解。

这是一个渐进的过程，作为管理者，要注意不能让他们成长的速度过快，要避免揠苗助长。

总之，如果一个人就像水量不是很多的大瓶子，目前能力水平不是很高，但格局很大、吸收知识的速度也特别快，那么这个人就值得委以重任。

而如果一个人就像小瓶子，目前水量看着很丰盛，但一上来就几乎装满了水，实际上水量并不大，而且用"瓷盖"封了口，未来也无法再补充知识泉水。这样的人，后继无力，难堪大用。

愿你永远奔跑在晋升的阶梯上。

（摘自《读者》2021年第1期）

你是否在"赶生活"

◎采 铜

"为什么我总是时间不够用？"我们常被这个问题困扰。我们抱怨有太多的事情要做，好像永远都做不完。于是，"没有时间"成了我们的口头禅。

现代社会就像一架高速运转的机器，机器越转越快，人就被推着一直往前跑，疲于奔命。同时，人的消费欲望被无孔不入的广告和形形色色的营销手段拉动，人们开始无法满足于已经拥有的东西，不断地想拥有更多。如此一推一拉之下，人就会陷入欲望的泥潭，反反复复地折腾，过了许久之后回头一看，人生就这么过去了。

在这种背景下，"时间管理"理念应运而生。时间管理理念中提倡的很多方法，并不是要让人们逃离现代性境遇所构筑的牢笼，反而是要对其加以技术性强化。时间管理是要教会我们更精细、更严苛地分割和利用时间。

我们原本就因为快而痛苦,时间管理却要教我们如何更快。

所以,虽然时间管理会对提升人们的工作效率和工作业绩有一定的帮助,但人们的主观感受常与此不一致。我们依然会觉得时间不够用,事情永远都做不完,甚至为此而心力交瘁。

哈佛大学的李欧梵教授在《人文六讲》一书中写道:"现代人的日常生活应该有快有慢,而不是一味地和时间竞赛。什么叫有快有慢?用音乐的说法就是节奏。如果一首交响曲从头快到尾,人听后一定会喘不过气来,急躁万分。所以一般交响曲都有慢板乐章,而且每个乐章的速度也是有快有慢的,日常生活中的节奏和韵律也应该如此。"

他让自己慢下来的方法是,每天抽一点时间去"面壁",在私人空间里,静静地倾听自己内心的声音,让心中不同的"自我"参与对话和辩论。这样,可以让自己不随波逐流。而另一些事情,像处理日常公务,诸如看邮件、写报告等,则是越快越好,李欧梵先生说他都是用"极有限的时间"把它们处理掉的。

现代人常犯的一个错误,就是把工作和生活相混淆,不是"过日子",而是"赶生活"。美学家朱光潜先生说过:"做学问,做事业,在人生中都只能算是第二桩事。人生第一桩事是生活。我所谓'生活'是'享受',是'领略',是'培养生机'。假若为学问和事业而忘却生活,那种学问和事业在人生中便失去了真正的意义与价值。"这番话,值得好好深思和回味。

(摘自《读者》2021年第8期)

生命的秘密

◎裘山山

去作协开会时,我看见一个小伙子走了进来。他有一张稚气未脱的脸庞,挂着腼腆的笑容,手上提了个黑乎乎、沉甸甸的公文包。作协的人跟我介绍说,他是北京某网络公司的职员,专程到成都来,找作家们签网络电子版权授权协议的。我一听,马上意识到他就是那个给我打了很多次电话约见面的小伙子。我没想到他这么小,看起来像个学生。我也没想到他还在成都,以为他已经走了。我有些不好意思,解释说自己最近很忙,所以一直没见他。他说没有关系,一会儿可以抽空谈谈。

大约十天前,我接到这个小伙子的电话,他说自己是某某公司的,希望与我见面,谈一下网络著作权的事。我一听,马上推说自己有事,没时间见面。我不想和什么网络公司签协议——把自己的作品轻易卖给某一家公司,我还是有顾虑的,总想再观望一下。可是这个小伙子好像听不出我的意思,一再要求见面谈谈。我说我没空。过了两天他又给我打电话,问我有没有时间。我说自己在外地,要过一段时间才回。又过了两天他又打,我索性说,咱们不要见了,我暂时不想签这个协议。他说他还不走,让我再想想。于是,我们有了今天的碰面。

见到他本人,我的拒绝变得困难了。在电话里我面对的是某家网络公司,现在面对的却是一个孩子,我甚至马上联想到我儿子——如果我儿子大学毕业干这个工作,一次次地被拒绝,那该多糟糕啊。这么一想我就心软了,原先不签的决心开始动摇。开完会,我见他在和另一个作家交谈,就赶紧走了,好像自己做了对不起他的事。

黄昏时他再次给我打电话,我再没有拒绝的勇气了。晚上我正好要和两个女友一起吃饭,就让他到吃饭的地方来找我。他答应了,并且提前来到我们约的地方。于是我就着桌上的烛光,签下了两份协议。

签完协议,我说可以送他回住处,他有些意外,然后高高兴兴地上了车。送他的路上,我们一直在闲聊。他果然很年轻,只比我儿子大三岁,从小在农村长大,今年刚从北京航空航天大学毕业。我夸他不简单,能考上北航。他说,单凭高考成绩是上不了北航的,他是靠了体育特长。他是个长跑运动员。我突然反应过来,今晚他是从住处走到或跑到我们见面的地点的——到之前他给我打电话时气喘吁吁的。他要充分利用自己的长腿。

我没有求证这个疑问,而是问他怎么会喜欢体育——农村孩子大多只知道干体力活儿，很少有体育锻炼这个概念。他说是因为他爷爷。他爷爷是抗美援朝的老战士，从他幼时就要求他锻炼身体，每天都带他跑步、爬山、做俯卧撑等。他说他爸爸没有当兵，也没有搞体育，他爸爸喜欢的是音乐。他还说，他并不是爷爷的长孙，他上面还有两个哥哥，但爷爷就是喜欢带他；爷爷身上有伤，是抗美援朝时留下的；爷爷在他上高二那年去世了，没能看见他进大学。

他兴致勃勃地跟我说着这一切，我渐渐生出一种奇怪的感觉：一个本来与我毫不相干的生命，在今晚突然出现在我面前，连同他生命里的那些秘密，一起出现在我的面前。

爷爷是怎么负伤的，怎么离开了部队？他为什么没让儿子当兵？他为什么喜欢这个最小的孙子，要让这个最小的孙子进行体育锻炼？难道他希望孙子当兵？难道他在这个孙子的身上看到了年轻时的自己？我没有问这个小伙子，那些人生的秘密，在我看来都是小说。今晚这个孩子仅仅露出他和爷爷生命秘密的冰山一角，我相信他们都会是长篇小说的主人公。

返回的路上，我看着街上的灯光和人流，忽然想，任何时候，你都不能说那些陌生人与你没有关联。没准儿哪一天，他们就带着生命中的秘密出现在你的面前——这些秘密，正是生命的魅力所在。

（摘自《读者》2023年第5期）

人生是含泪的微笑

◎米 哈

在我心情低落，或缺乏文思之时，阅读欧·亨利的故事往往可以拯救我。有一些朋友，却认为著名的"欧·亨利式结尾"，即那总是"出乎意料又合乎情理"的结尾，落于俗套。

"欧·亨利式结尾"是欧·亨利活用幽默、双关语以及笑话的结果，它未必关乎文学，却肯定关乎生活。要明白"欧·亨利式结尾"的本质，我们需要了解欧·亨利曾经面对的残酷世界。

欧·亨利，本名威廉·波特，出身于医生家庭，父亲是一名酗酒的医生，家中永无宁日，经济条件也很差。因此，欧·亨利在高中时就辍学，辗转回归家族本行，在叔叔的药店当学徒，学习配药的知识，但他一心想当一名画家。

后来，欧·亨利来到西部，当了一段时间的牧人。其间，他从移民身上学会了一点西班牙语和德语，了解了各种风土人情，更重要的是，欧·亨利在那里遇到了他一生的挚爱——阿索尔。

当时，欧·亨利遇见17岁的阿索尔，他们两情相悦，私订终身。阿索尔在中学毕业的那天晚上，瞒着家人，与欧·亨利来到牧师的家，要求牧师为他们证婚。从此阿索尔跟随欧·亨利的本姓，成了阿索尔·波特。

没有阿索尔，大概就没有欧·亨利。没有阿索尔的鼓励，一生从事过十几种工作的欧·亨利根本不会真的当上作家，也不会在他结婚那一年在《底特律自由新闻报》上发表作品。

可惜，欧·亨利的人生，正如他的小说《麦琪的礼物》中的一句话："人生由啜泣、抽噎和微笑组成，而抽噎占了其中绝大部分。"在欧·亨利刚刚踏上作家的轨道时，发生了两件事：欧·亨利被指控在银行做出纳员期间盗用公款；在欧·亨利被传讯及其后逃亡、被关押的过程中，阿索尔患上了肺结核，并在一年之后，即1897年病逝。

1898年，欧·亨利在银行账目案中获罪，被判处5年有期徒刑。他在俄亥俄州哥伦布的联邦监狱服刑。在服刑期间，欧·亨利因为具备专业知识从而当上了狱中的药剂师，但收入不足以维持自己与女儿的生活。因此，欧·亨利拾起妻子生前鼓励他拿起的那支笔，写起了短篇小说。

这些故事跟"欧·亨利式结尾"有什么关系呢？

在可能是他最著名的小说《最后一片叶子》中，欧·亨利写道："为生命画一片树叶，只要心存相信，总会有奇迹发生，虽然希望渺茫，但它永存人世。"

欧·亨利以著名的"欧·亨利式结尾"为生命写下这样的故事结局：穷人可以有希望，好人会有好报，命运充满奇遇……

乍看之下，"欧·亨利式结尾"极尽风趣幽默之能事，但在欧·亨利下笔之时，他没有风趣幽默的本钱，他正在经历人间的残酷与痛苦。因此，"欧·亨利式结尾"是一种选择，是一种对文学的选择，也是一种对生命的选择。

最后，我没有"欧·亨利式结尾"，却想抄下欧·亨利的一句话："我们最后变成什么样，并不取决于我们选择了哪条道路，而是取决于我们的内心。"无论如何，都要保持我们的内心。

（摘自《读者》2023年第3期）

破题天才

◎星　亮

立题：这，就是天才的世界吗

最早让纪录片《小小少年》进入公众视野的是微博上的一条热搜：猪肉摊前起舞的芭蕾女孩。

猪肉摊，芭蕾舞，毫不相干的两个意象结合出的奇妙场景，就是云南9岁女孩邬刚云的人生。小云儿的舞蹈底子让云南大山里的老师瞠目结舌，普通人要练很久才会的一字马，她看着视频随便一做就会了。而她最常跳舞的地方，就是妈妈的猪肉铺。

妈妈带着小云儿连问了几个舞蹈班，都没人敢教，后来被北京舞蹈学院芭蕾舞系系主任关於看到，关老师评价说："北舞在全中国精中选精、优中选优，我都没见过这么有天赋的孩子。"

天赋，是《小小少年》首先立下的题。

6集纪录片里的每个主人公,都是天赋傍身、特禀异质。第二集里的陶启泽,不仅擅长做机器人,还会一手好折纸,点画功夫更是出神入化。陶启泽机器人团队里还有个小伙子,才上初一,已经开始帮父母看标书,和科技公司高管谈赞助。第三集里,痴迷昆虫的殷然,被研究了几十年虫子的香港老警察称为"螳螂领域的专家";第四集里,李莲怡娜虽是个女孩,却能在强手如林的越野摩托男子组比赛里拿名次;第五集里的国豪,打乒乓球时是准国手级别,换赛道打电竞,依然能拿战队首发;而最后一集里的王烁然拥有绝对音感,能根据面前每个人的特质,即兴弹出一首钢琴曲。

人们在看的时候不断被震撼,不是惊讶于这些少年的"才",而是因为目睹了一个有天赋的孩子,究竟可以比同龄人提前多少步:机器人少年18岁不到就已经在国际大赛上和外国队伍玩"合纵连横",而王烁然在6岁的时候,就已经体会了组乐队的快乐和辛酸。

因为天赋,他们提前与世界发生对话,也因为年少,他们还没被成人的规则左右。处于最勇猛和简单的年纪,他们身上的"少年力量",在令人艳羡之外,更使人动容。

破题:天才,来自热爱

但如果天才仅仅来自天赋,那么《小小少年》就不会收获如此赞誉。

这部看似在纪录天才的片子,最大的价值恰恰在于对天才的破题。用导演孙超的话来说，片中的孩子其实都很普通，身边人甚至不知道他们有哪些特长。所谓一鸣惊人的"天才相"，并未出现在他们身上。

替代与生俱来的超常体质的，是他们对自己擅长的领域超乎寻常的热爱。

拿陶启泽来讲，在外人看来他似乎天生无所不能，但用他自己的话说，这不过是因为他投入得更多。"我不看手机也不追八卦，把别人看手机的时间用来做机器人。"班主任张璇回忆："陶启泽和张宇晨写的生活随笔，10篇里有8篇在讲机器人。"导演孙超在手记中也提到了一个细节：两个孩子其实已经拿到了大学录取通知书，可以像别的高中毕业生一样去满世界游玩，但他们还是像上班打卡一样，每天准时出现在实验室。

"这些所谓有天赋的孩子，实际上是在他们的领域里投入了巨量的精力，这让他们看上去是天才。"导演总结道。

其他的少年也是如此。第三集里的"昆虫专家"殷然，并非天生就掌握昆虫知识，用他妈妈的话说，"（除了上课写作业）他从早到晚就只干这一件事"。他的"虫友"风顺，也把自己书桌下所有的储藏空间用来放虫子。李莲怡娜为了补齐女生体能上的短板，在所有训练中，都给自己加比男生多一倍的量。而当6岁的小烁然上台前开心地喊着"好嗨，好嗨"时，我们能感受到的，正是他对音乐毫无保留的痴迷和热情。

这些痴迷与热情，正是如今大部分成年人所丢失的。在"丧文化"流行、"佛系"大行其道的当下，青年和"准中年"们并不缺乏优渥的生活条件与奋斗所需要的学识,而是缺乏对一件事义无反顾的专注,缺乏抵抗碎片化信息和无意义消费的精神动力:我们再也不能像孩童时那样,为画一幅画彻夜难眠,为练一个技巧废寝忘食。《小小少年》里的那些孩子,反而成了我们要学习的榜样。

人口普查结果显示,2000—2010年的出生人口约为1.8亿,也就是我们俗称的"00后"。《腾讯"00后"研究报告》显示,参与调查的"00后"中,72%的人表示比起消费和事业,在某个领域里的见解和成果更能代表自己,66%的人表示会自己做决定,而非按部就班。这是一个兴趣分众化,坚持"热爱为王"的世代,"痴迷"成为成功最大的原动力。

解题:天才少年,该如何长大

由破题带来的新问题,是这些拥有天赋的孩子该如何长大?对此,《小小少年》也做了回答。

纪录片的主角虽然是孩子,但始终埋藏着一条暗线,就是他们的父母。第三集中殷然的爸爸妈妈,是典型的"别人家的父母"。殷然喜欢上山抓虫子,他们就每周末都陪儿子进山;殷然在家里堆满了虫子,他们就跟着一起研究。导演手记里提到,有一段时间殷然喜欢挖掘机,妈妈就陪着儿子蹲在路边,看了整整3个小时挖掘机。

面对镜头,殷然的妈妈说:"我们大人总在想这事有没有用,到底有没有用我不知道,但我和殷然只是享受了那一刻。"

不要以为妈妈会因此放松对殷然学业的督促。在找虫子的空当，妈妈总会见缝插针地让殷然背诵学过的古文，监督作业完成情况，让殷然懂得先把该做的事做完再去玩。她甚至会把上山找虫作为教育的机会：一只壁虎被一条蛇盯上，我们该不该帮壁虎？这是一个无关对错，只关乎当下个人选择的哲学命题。

李莲怡娜的爸爸明白女儿未来的路要靠自己走，所以尽管不舍，还是放弃了女儿摩托教练的身份转做后勤，给她更广阔的天空去飞。国豪的爸爸原本不理解儿子从打乒乓球转行打电竞的决定，后来却到场助阵，帮儿子完成"以父之名"的逆转。这一退一进之间，其实是在孩子成长的不同阶段，父母做出的不同选择。

面对那些有天赋的孩子，到底该如何守护他们的热爱，让他们成长为一个更好的人，每个父母都有自己的想法。

家庭教育在孩子成长中永远是最重要的一环。"00后"的父母大多是"75后"和"80后"，他们成长于改革开放后的新时代，本身就具备了比老一代人更开阔的眼界和更灵活的思维，不会囿于"父父子子"的威权思维。对于如何平衡喜好和学业、创新与传统的关系，他们拥有更多的经验。而与之相配的，就是一整套只属于这代人的教育理念。

《小小少年》更大的价值，就在于它探讨了教育这个更大的话题，这也让纪录片拥有了足够的深度，成为了解中国社会现在与未来的一个绝佳窗口。

不过归根结底，抛开所有的宏大命题不谈，《小小少年》本身就值得被铭记。那些关于少年的闪光瞬间被记录下来，也许孩子们长大后走的路会不同，但当他们回望的时候，还能看见起点。

（摘自《读者》2021年第12期）

能否好好说再见

◎焦晶娴

中学生麦迪难以相信，屏幕里用表情符号和她聊天的，竟是两年前去世的父亲。

两年来，她和母亲搬了家，她换了新学校。母亲好不容易走出悲痛，和同事的新恋情进展顺利。突然出现的"父亲"打乱了这一切，他用"嘴唇""问号""男人"和"地球"的表情符号，拼凑出只有他和麦迪的母亲才知道的定情诗："何地何故，我吻了何人的唇。"

这是电视剧《万神殿》对于未来智能科技的设想：剧中的"字符律动"公司研发出一种技术，能用激光把人脑层层剥离，并将人的意识做数据化处理后储存在硬件中，成为"电子灵魂"，被称为"UI"。

麦迪的父亲是最初的试验品——肉身死前意识被成功上传，

但也因此被困在公司里无休止地工作，只有一部分意识逃了出来。几经周折拿到"父亲"的完整代码后，麦迪将他接入服务器。麦迪戴上VR眼镜和感应手套，打开父女俩最爱的游戏，再一次"摸"到了父亲。

在"UI"的世界里，"死亡"被重新定义。只有"意识"的备份数据全部被删除、成批的服务器机箱被切断电源，一个"UI"才算真正"死亡"。孤僻的麦迪因找回父爱而快乐，然而非人非机器的"父亲"则被空虚、孤独，以及无法自我认知的痛苦淹没。

影视剧中有很多类似的"重生"桥段——并非为死者，而是为生者的执念量身打造。令我好奇的是，如果真有类似的科技手段出现，人们最终会如何接受"离别"？

《万神殿》原型小说作者刘宇昆的态度并不乐观，在他的另一篇小说《爱的算法》中，女主角的女儿早亡，她无法接受领养，于是用人造皮肤、马达和智能程序造了一个假孩子，用来填补自己空虚的怀抱。假孩子骗过了图灵测试，但她怀疑自己的整个人生都是算法造就的，因而住进了医院。

在现实生活中，离别常伴我们左右——升学、搬家、分手、亲友离世，为了放慢离别的脚步，我们习惯用物品留住回忆。有人会在分手后留着前任的杯子，有人在母亲离世后还盖着母亲生前盖的小被子。

到了数字时代，无孔不入的"电子印记"，让我们在面对离别时更加力不从心。手机相册里和失联多年的同学的合照、视频,从朋友圈共同好友那里瞥见的前男友近况,总能让人感慨"死去的记忆突然攻击我"。

逝去亲友留下的"电子碎片",更是会随时把人拉进陈旧的伤痛中。前几天有一则新闻,一个男子顶着凌乱的头发来派出所报案,边看监控边哭,因为他存有200多张亡妻照片的手机丢了,幸好警察帮他找了回来。还有一个小伙子用AI技术帮500多名客户修照片,让老照片"动"起来。有客户说:"我6岁时爸爸就没了,想见他,却一回都没梦到过。"照片里的父亲只是眨眨眼、笑一笑,就足以慰藉他的心。

然而最终人们会发现,再精密的虚拟设计也只是"替身文学",一首歌、一个吻在人脑内触发的情感,远比纳米晶体管之间的数据流复杂。"一厢情愿"无法取代"双向奔赴",正如《万神殿》中麦迪的母亲对"丈夫"说:"没了你的触摸、微笑和拥抱,就永远不是你。"

爱有保质期,因为它的物质载体无法不朽。在《三体》中刘慈欣写道:"到了人类发展后期,保留文明比创造文明更难。"人脑会遗忘,电子数据会被覆盖。据统计,每年全世界大概有1.5亿个硬盘被丢弃或淘汰。

但有限性本身就是一种力量。死亡让历史轮转,人世兴衰更替,文明、传统和记忆因此变得珍贵。在墨西哥的亡灵节,人们会通宵达旦载歌载舞,在路上铺满黄色万寿菊,庆祝生命周期的结束。诺贝尔文学奖获得者、墨西哥作家奥克塔维奥·帕斯说:"死亡让生命显示出其最高意义。死亡是生的反面,也是生的补充。"

分离是我们的必修课，生命从与母体的分离中诞生，心理咨询界有句"行话"："分离才是一段关系的开始。"一位擅长疗愈分离创伤的咨询师说："当我们面临分离，很多过往没有的情感会涌现，随之而来的是对自己全新的认知。"

《万神殿》中，麦迪曾回忆父亲去世那天，她感觉身边的每辆车、每朵云都像假的。第二天她回想起父亲为她遮挡过的风雨，"我终于看清了真实的世界"。

《万神殿》结尾的一次战争中，虚拟世界里的"父亲"损耗殆尽，麦迪将再次失去父亲。但她变得比原来更坚强，拥有了保护家人的勇气。

如果无法完成告别，我们就会永远沉浸在依附关系里。剧中一位"UI"在被销毁前，反对丈夫将她重新上传。她想留住自己的记忆，而不是一遍遍被覆盖。"你需要尊重她的离去，尊重你的悲伤。"一些仪式或许有助于完成告别，身边人建议他埋葬一副妻子的实体耳环。

米兰·昆德拉说："遇见只是一个开始，离开却是为遇见下一个开始。这是一个流行离开的世界，但是我们都不擅长告别。"现实生活常被突如其来的分离打乱，和最好的朋友上一次见面还是夏天，转眼又到新的春天。我们只能珍惜每一次见面，提前备上一肚子话和拖了许久没给的礼物，并在开门时紧紧拥抱对方。这时，思念变得愈加贵重。

父母辈恋爱时一星期写一封信，信里两页情话，抵过如今微信上每天无关痛痒的"早安""晚安"。

人类喜欢稳固、追求不朽,常举着相机想要"记录一切"。在《网上遗产:被数字时代重新定义的死亡、记忆与爱》一书中,作者对于如何面对数字时代的死亡给出一些建议,最后一点是"忘记不朽"。

(摘自《读者》2023年第5期)

体操队

◎闫　红

前几天在娃的桌子上，我看到一个红包，打开来，里面不是钱，而是一张小字条，写着他的小愿望：希望这次"华杯赛"（华罗庚金杯少年数学邀请赛——编者注）能取得好成绩。

我看了不禁失笑，这个"华杯赛"，原本应该在3月10日举行，但在减负的大形势下，比赛已经被叫停。娃的努力虽不能说是白费，但遗憾总是有一点儿的。我小时候曾有相似的经历，让我初尝人世间的翻云覆雨，知道这世上的事，大多不可期。

在我读三四年级的时候，我所在的小城，要举行一场全市小学生体操比赛，体育老师到各个班级选人。她站在高高的讲台上，手指朝下指指戳戳，她指到谁，就好像有追光灯打到谁身上，那个被选中的人，瞬间就脱颖而出了。

这位老师以前没有教过我们，不然她不会忽然指向我，说：

"就第二排那个穿红衣服的，叫啥名？"被她询问的班主任有点儿不知所措，说："她不行。"体育老师说："她身体不好？"班主任说："那倒不是……"体育老师说："那还能有什么问题，我看她可以。"

我现在很厚颜地想，一定是因为我小时候浓眉大眼、长相喜人，再者我当时在班里的女生中算是比较高的，才使得体育老师对我高看一眼。她所不知道的是，我是一个十分笨拙而且协调性很差的人。打小儿我只要一跑动，我爸就要笑，说我的两条腿甩动得别具一格。

这样一个女孩，居然入选了体操队，确实可笑，但体育老师被我的外表蒙蔽了，热情洋溢地要接收我，班主任也不好再说什么。就这样，我终于获得了一个为校争光的机会。

但体育老师很快就为她的感性付出代价，几乎没有一个动作我能做到位，我甚至都听不懂她在说什么。她说的那些动作，我总是很难想象。当我比着她的样子去做时，经常让大家笑成一片。

体育老师倒是没说什么。但是有一天上自习课时，班主任一时心情好，问体育委员大家练得怎么样，体育委员说还不错，但有一个女生大声地说："除了闫红。"

我现在都还记得，这个女生姓舒，一个不常见的姓。她皮肤很白，个子很高，长得挺漂亮，家境似乎也不错，因此优越感十足。在班里，她总是高昂着头，也会很突然地，将目光落到某个她觉得可以欺负的人身上，这个人，常常是我。

这个女生一直把欺负我当成业余爱好，不过，那天她之所以特地提出我不行，还有点儿势利的缘故。班主任被体育老师驳回，总是有些不愉快的。舒姓同学站出来"检举"我，既满足了她欺负人的爱好，又讨好了老师，何乐而不为？

如今想来，这个舒同学很有表演天赋，她说完我"不行"后，还当众示范我是怎么"不行"的，班主任和同学们都哈哈大笑起来。然后，班主任说："闫红明天别去了，某某去。"

那个某某就取代了我的位置。每天放学，路过操场上正在做操的队伍，我心里都有种虫噬般的惆怅；如果听到体育老师大声呵斥谁，那种感觉就更加钻心了，以前，被呵斥的那个人总是我。但这惆怅也还是随着时间的流逝渐渐地淡了，直到有一天，在放学路上，我又被体育老师喊住。

她说，3班的某某最近摔伤了，还是你来吧。我心里一下子冒出了小火花，但又不敢急着表达高兴之情，我说："吴老师可能会叫别人来。"体育老师洞察一切地笑起来，她说："没关系，你虽然练得不好，但毕竟练了那么长时间，临时换个新的，还不如你呢。我去跟吴老师说。"

就这样，我重新回到学校的体操队里。进入5月，天气渐渐热起来，训练越发紧张。

比赛定在6月1日，那天是星期五。星期四放学前，班主任说："天气预报说明天会下雨，要是下雨的话，比赛就延期，改到7月3日，大家还得带着书包来上学，作业也要交；如果不下雨，大家就不用带书包了，排队去大广场看比赛。"

那天晚上我没有写作业，一方面是拖拉的积习使然；另一方面，也出于一点儿小小的迷信——下雨就要写作业，那么写作业，会不会就意味着更有可能下雨？我不敢睡觉，在黑暗中睁大双眼，竖起耳朵听外面的动静，不敢有丝毫懈怠，怕一个不留神，雨就落下来了。

但最后我还是睡着了，醒来就听到窗外雨篷上吧嗒吧嗒的声音，绝望瞬间把心洇湿了一大片。我起床洗漱，然后背着我试图掩耳盗铃未果的空白作业本走在上学路上，迎接比天气更加恐怖的暴风骤雨。

不说当天我怎么跟检查作业的小组长斗智斗勇的了，反正体操比赛改到7月3日了。我跟旁边的小伙伴说，没准7月3日还会下雨。也许，可能，但训练还要继续下去。6月底，期末考试结束了，体操队队员每天去学校，全天候训练。

体育老师把我们带到大广场上，6月底的骄阳打在脖颈上、小腿上和不断伸出去的胳膊上，打到哪里，就把哪里的水分吸了去。我的腿上汗腺比较少，皮肤干燥紧绷，一刮就是一条白印子。这倒给了我灵感，我当时极为羡慕成年女性穿的渔网袜，就用指甲在腿上划出纵横的斜线，直到被体育老师一声断喝："那个谁，你在干吗呢？"

如此艰苦卓绝地训练了许多天，终于到了7月2日，我们穿着学校特别定制的白衬衫和蓝裙子在大广场上进行最后的排练。天热得出奇，衣服一直湿漉漉地贴在身上，汗水还在不断地冒出来，那是我第一次知道，我身上原来可以流那么多的汗。

体育老师皱着眉,看看天,说:"搞不好明天又要下雨。"队伍不约而同地"啊"了一声,我心中倒是很平静,也许是上一次的推迟把我的期待与失望都耗尽了,无论明天怎样都可以坦然面对了。

第二天果然又淅淅沥沥下起了雨,伸手推窗,与昨天不同的清凉之气迎面而来。我回到床上,昨天体育老师说了,今天要是下雨就不用去了。

整个小学期间,我再也没有被"挑出来"的机会,我灰扑扑地混在人堆里,怀疑自己天生平庸,同时又不敢置信。直到读初中时,有一天,班主任对我说:"听说你作文写得不错,你写首诗在迎新大会上朗诵一下吧。"我在数学课上写了那首诗,后来得以发表,人生的道路在不知不觉间被改变了。

几年前,在朋友圈里看到一篇文章,是说小城里的老景物,其中有一张当年那个大广场的黑白照片。那操场远不似我记忆中的恢宏,除了一对可怜的单双杠,就是中间那座小戏楼一样的两层建筑,十分简陋。

记得当时,体育老师就站在那二楼上,声音洪亮地发号施令。她告诉我们,评委们也会那样居高临下,审阅全市所有小学的体操队,我们的每一个动作,都会被看在眼里,所以,我们必须努力将每个动作做到位。

这使我们紧张,使我们力求每个动作都达到完美,而我知道自己的笨拙,一招一式里,都有着讨好者的用力过猛。我的内心时刻都处于备战状态,但这一切,都被两场不期而至的雨消解掉了。后来的人生里,我又将这感觉体验过许多回。

(摘自《读者》2018年第15期)

小兰高考

◎黄希妤

五月,清甜的空气中浮动着春天独特的生机,郊原上的绿草生长得很茂盛,野甸上的杂花完全盛开了。黄昏时的天空柔和地将淡金色的薄纱蒙向地面,玉米田边流淌的溪水白亮亮的,放学的孩子们在石板路上玩闹,脸上都泛着一层毛茸茸的光。小兰穿着嫩绿色的校服,和杨树抽的新枝一个颜色。她和伙伴们连起排来,说笑着往家里走去。金铃悄悄凑近,对小兰说:"你还打算去上海读书吗?"小兰听了这话,眼睛定定地看向地面:"嗯,我妈叫我去。"金铃其实有意劝她别去,话在嘴里绕了一圈,只是失望地说:"我们都舍不得你走。"小兰压着心事,叹了口气也不搭话。转过路口,她就告别同伴向家里走去。

她面带忧愁地走进居民楼,慢慢吞吞地爬上楼梯,此时她多么喜爱这长长的楼梯!这新房子是去年姨妈出钱替他们买下的。

原来住了十几年的老房子没有楼梯，炉灶和水池就搭在屋外，旁边堆满了锅碗瓢盆、瓶瓶罐罐的油盐酱醋，还有旧鞋、废报纸。想到姨妈，她又觉得难以跟母亲开口，心里泛起飘忽忽的伤感。但等她一站在家门口，她完全清醒了，一刻钟前那些纷乱的想法远去了。她设法鼓舞自己，此刻，她完全变成一个坦坦荡荡的人了。

小兰下了决心走进家门，趁着一股子勇气问："妈妈，我一定要考上海的大学吗？"母亲瞪着她，把脸沉下了，说："这话说过几次了，你得去，将来你会有好的一日。"小兰有些泄气了，又恼烦地小声说："我今天问过金铃了，还有其他同学，他们都留在这里……妈妈，我也可以留下吗？"听到这话，母亲不愿说话了，气闷地咬着嘴唇，随手乱翻桌上的晚报。过了许久，她渐渐平静下来。小兰一点儿也没有发脾气，早就进屋读书去了。母亲把小兰招呼过来，抑制住心里的忧伤，把家里从前的经历向小兰讲述了一遍：她的母亲是从上海插队到农村的，后来嫁给了本地人，生了两个女儿。虽然本来是一家，大女儿——小兰的姨妈却在很小的时候就享受政策回到上海落户，在外祖那里长大。而小女儿——她自己在乡下跟父母一起生活。她年轻时是个很有主意的人，她的母亲劝她去上海读大学、嫁给上海人，她一句也不听，还是嫁给了一个本地男人。偶尔在过节或过年时看到姐姐回来，还客气得跟见到客人似的。

后来她唯一一次去上海看望姐姐，那完全像一个梦中的回忆。她的姐姐请她在思南路吃饭，有外国女人在隔壁桌高声谈笑。她直直地望着人行道上来往的太太小姐们，她们穿着很讲究的时装，撑着花阳伞慢悠悠地走着。上海的街道永远是繁华的，无数的人和汽车挤来挤去，商店和百货大楼的饰窗整晚亮着辉煌的灯光，这些使她成日提心吊胆，住了几天就匆匆回去了。

她自以为安心接受了命运的安排，并不埋怨她的母亲和姐姐，仿佛这是龙王爷发的大水，能够怪谁呢？但这一刻，说着说着，她感到无限心酸，收不住地流泪。她想到她的母亲如何送姐姐去上海，而她的生活比起姐姐的是怎样艰苦，小兰在自己身边长到十八岁，又是多么不容易！她泪流满面，说："小兰，你一定要考到上海！"母亲这一番话，竭力地把自己一生的期盼落在小兰身上。小兰有生以来第一次接受这样沉重的感情，她的心战栗着，庄严地感到自己也是个大人了。于是，她坚定地望着母亲："妈妈！我一定考上！"父亲在家里常常听这类没有意思的话，面色惨白惨白的。他一早悄悄下了楼，躲开这连哭带吵的声音到街上去了。

小兰高考的时候，学校一早安排了车辆把考生统一送去省里的考点了。于是母亲除了下厨房就无事可忙了，白白地坐着。

没过几天，学校发下来志愿表，家里人怀着急切的心情，终日聚在桌前谈话。起初谈的是上海的哪所大学有名气，哪个专业就业好，后来心里想着分数线也许太高，因而全部推翻，重新把学校选低一个档次。小兰偶尔抬起头东瞧瞧西望望，看样子，她心里早已清楚事情会如何发展。小兰太年轻了，想不到学什么专业，做什么工作，所以家人替她拿主意，她也怀着平常的态度，觉得应当如此。她看见过什么好学校的信息，或者同学提过的，偶尔也会贸然提一句。家里人你一言，我一语，小兰便被批判得没主意了，往往懊恼着反悔，不愿再参与了。大多数时间，她只是坐在旁边，忧烦自己究竟能不能考上上海的大学，倘若考上了，姨妈肯不肯收留自己。又谈了几天话，母亲决定正式填写了，那几天她都庄重地坐在桌子旁边用功。到了第七天，母亲终于把反复商讨后敲定的学校名字一个个仔细地誊写到方框里，竭力把字写得端正。小兰最后上交的表格非常整洁，好像家中并没有因此发生什么纷争，母亲也并没有为此花费多少功夫。

又杳无音信地过了一个月，这天在邮局工作的邻居过来串门，并且告诉母亲似乎有来信。这突如其来的消息把她吓慌了，送走邻居以后，她急忙把女儿驱赶出门去等信。小兰内心忐忑，一步一步挪下楼，去等母亲希望的梦了。这时候，母亲觉得自己被一种情绪催促着，在屋子里踱着步看看这个，摸摸那个，反复地研究旧碗、破锅、茶杯、脸盆，好像生来第一次见到这些东西一样。家里人跟她说话，每个字从她齿间往外挤，好像石头一样生硬，她的心魂都系在女儿身上。她不理家里人，也不烧饭，对什么都全然没有兴趣了。她的工作只有等女儿从街上回来，手上捧着上海发来的大学录取通知书。

小城的街巷铺满了夕阳的余晖，有母亲走出门，喊自家孩子回家吃饭。风逐渐不再刮了，街道空旷起来，静得能听见远村的狗吠。邮差的铃子终于在道路的尽头咯噔咯噔地响起，小兰走上土坡，看着自己的命运向她不徐不疾地驶来。

（摘自《读者》2020年第18期）

十年繁星

◎貔 雪

1

从大楼出来,我抱着一个装着杂物的纸箱,一路小跑上了车。

雨细细密密地下着,但已没了先前的气势,被夜风拉扯成细软的银丝状,飘飘洒洒地,携着摩天大楼的霓虹,落入十里洋场。

将杂物箱放在副驾驶座上,我靠着椅背,轻轻舒出一口气。不远处的步道上,闪出两个姑娘的身影,她们没有打伞,手拉着手,拖踩着已经湿透的裤脚,在雨幕中嬉闹奔跑,身影越来越小。

随着那身影渐渐远去,越来越小,我的思绪也越飘越远。

10年前我第一次来上海时,也是这样一个雨夜。

2

2012年的寒假,我19岁,在一所二本院校读大一。

放假前两天,我瞒着爸妈,和班里另外5个女生通过学生会,报名去了上海的一家电子厂打寒假工。

那是我第一次出省。

被大巴车载着进入厂区,做了简单登记,领了工牌,通过了进厂须知培训后,我们就被领到了提前分配好的宿舍楼前。一辆堆满垃圾的三轮推车停在楼前,黄色的液体顺着车斗的缝隙滴落,在水泥路上形成了一摊深色印记,空气中散发着尿液、垃圾、方便面等混合后的怪异气味,楼上不时传出打牌声、尖叫声、摇滚乐声……

我们几个站在楼前,谁也没敢上前一步。

最后,我们咬牙决定在外面租房住。

循着贴在厂区外的一则小广告,我们很快找到了3公里外临河的一间低矮的出租屋。小屋在3层顶楼,面积10平方米左右。跟房东软磨硬泡后,我们终于将月租从1200块讲到了1000块。

当天晚上10点,我们带上自己的被褥,冒着小雨一路狂奔,搬进了小屋。屋里只有一张床,床上可以睡3个人,床两边打地铺能挤3个人,我们决定轮流睡床。

简单收拾好行李,关了灯,我们已经累得没有说话的力气。那晚,窗外丝丝缕缕的冷雨,浸润着郁郁沉沉的清梦。在这间小屋里，我感到一种一无所有的自在。

3

第二天，没有任何准备环节，我们开始了岗前培训。

一个个看起来毫无差别的车间，将厂区变成了一座庞大的迷宫。为了今后不迷路，不迟到，我只好趁大家吃饭的时间多往返几趟。培训中，一个看似简单的排线穿孔动作，我始终不得要领，只好在大家下班后，一个人留在工位上一边练习，一边偷偷抹眼泪。车间里24小时开着的排风机将外面的潮湿阴冷带进车间，我常常担心自己会因此感冒，甚至误工……

时间就在我时而感到惶恐不安，时而责怪自己笨手笨脚中悄然逝去。

转眼便到了春节。厂里放3天假。我们几个商定，跑这么远来到上海，不能浪费一丁点儿时间，于是决定试着找一家酒店打打短工。谁也没想到，第二天中介带我们去的是一家五星级的大酒店。

经过简单的培训，我们同一批50个人被分在后厨帮厨和传菜。我和另外两个女生，一上来就接到了一个棘手的活儿——为一道叫"火芽银丝"的菜备料。首先选出长短粗细均匀的绿豆芽，掐头去尾，然后把细细的火腿丝穿进绣花针眼，再将绣花针穿过细长的芽身，将火腿丝塞入豆芽。

"干得不错，你们俩跟着她学，看她的手法。"领班夸奖我时，我先是受宠若惊，而后心中窃喜，庆幸自己在流水线上做了大半个月的排线穿孔,不承想在这里派上了用场。即便如此,那天四五个钟头下来,我们也才将将准备出来当天要用的3盘的分量。

4

华灯初上,客人陆续进入酒店。突然,领班急匆匆走过来问,有没有学中文的大学生。我和另外一个叫玲子的女孩小心翼翼地举了手,然后就被领班拉上楼交给了贵宾厅的经理。临走前,领班特意交代我们:"这是贵宾包房,好好表现,是有红包的。"

雅致的中式贵宾包房,分成里外两间,外间用来备餐。我们准备的,是40多人的家庭年夜饭。

四喜烤麸、烧鲢鱼、清炒虾仁、红烧狮子头、罗汉斋、烩塌棵菜、东坡肉、炒鹑春松、蓬蒿炒肉圆、暖锅……经理向我们介绍一道道菜品。而我的脑子已被各种菜名占据,心里一遍遍重复,生怕上菜时念错,哪还有工夫记哪道菜是鲁迅先生菜单上的私房菜,哪道菜是当年郎静山的最爱。倒是那盘火芽银丝让我印象深刻。

宴席之上的宾客大多是文化人,席间言笑晏晏,透着几分不落凡俗的文雅气。

酒过三巡,新春致禧过后,有人提议按座次行令,大家玩起了酒席上的游戏。席间,一句句古诗词此起彼伏,有些我以前听过,有些很生疏。

5

中途，有人提议让一位中年男人作诗助兴。他起身拱手求饶，但大家不愿就此作罢，一旁的晚辈更是跟着起哄。

"那这样吧，正好上午我回了趟老校区，故地重游，脑子里还真有个上联，你们几个起哄的小辈，谁要能对出下联，我便好好敬他一杯！"

经理早已在一旁的花梨木书桌上备好了笔墨纸砚，吩咐我和玲子过去。

只见那中年男人在宣纸上写下：

他年曲径通幽，春百花，夏嘉木，秋红叶，冬寒英，上无邪而下规矩，皆可风、雅、颂中寻意趣。

中年男子写完念了一遍，对在一旁展纸的我和玲子说："你们谁会写毛笔字？麻烦他们对下联的时候，代为抄写。"

"我可以！"玲子马上接话，然后看了我一眼。我们俩都知道，字写好了很可能拿到一个大红包。

在场的年轻人很快便有人应对。

"他年曲径通幽，我对吾生学海无涯！

"那春百花，夏嘉木，我对山迤逦，水浩淼！

"秋红叶，冬寒英，我对烟微茫，霞旖旎！后边的还没想出来！"

"扑哧"一声从身边的玲子嘴里发出，显然那句"还没想出来"逗笑了她。

"你笑什么，难道你能对出我二叔这位大教授的下联？"刚刚说"还没想出来"的男生有些生气地说。

这话一出，玲子明显呆愣了一瞬，然后赶紧摇头。显然，她那不经意的一笑，冒犯到了客人。

"你，"那男生看向我说，"去叫下你们经理。"

事已至此，我有些蒙地转身，并趁着这个当口，拿下别在上衣口袋的笔，在随身携带的点菜本子上写了一行字，匆匆塞给玲子，出去找经理了。

站在贵宾包房外的经理听我说完屋里的情况后，只说了句"我来处理"，便进去了。

"你逞什么能！"领班压抑着声音，我感觉他的手指都快戳进我的脑壳了。

"没事，小孩子间的胡闹罢了。"这时，一道温和轻柔的声音传来。我抬起头，看到经理出现在门边，身旁是一位50岁上下、气质优雅的女士。我一眼认出，她坐的是主位，席上众人都叫她"大姑"。

与此同时，我感觉一只手轻轻地握住了我的手，我有些不知所措地低下头，眼里升起了一团水雾。泪眼模糊中，那只白皙修长的手上，一抹金黄中的点点星芒，竟奇妙地让我的心慢慢平复。

"吾生学海无涯，山迤逦，水浩渺，烟微茫，霞旖旎，天沧浪兮地寥廓，都在仁、信、义里作文章。"依旧是那道温柔的声音，"大姑"念的正是我给玲子写的那段话。

说完，她又补充道："这对子你对得很好。"然后，她将一张名片塞到我手里,说:"年轻就是要多历练,慢慢体会慢慢学,会受益终身的。"

6

"当当当",我降下车窗,一张青涩秀气的脸庞出现在我眼前,是我带了两个月的实习生未未。

"刚看您下楼,我就追过来了。谢谢您这段时间对我的帮助,这是我折的幸运星,希望给您带来好运!"未未一边说着一边将玻璃小罐塞到我手里。接着,她不等我回应,就匆匆向我挥手,再次跑入雨幕。

"你也加油!"我看着未未渐行渐远的背影,向她道别,然后将车子启动,慢慢驶入车道,两边的路灯和行人往后退去。

那个除夕夜,当我们从酒店出来,已经是11点多。"姐妹们,跑啊!"6个"野丫头"手拉着手发了疯一样地跑着、笑着、唱着……大家你一言我一语说了一路,一天的兴奋根本无法褪去。

当我们嬉闹着来到出租屋前,却看到房东阿姨正蹲坐在我们房间门前,她身旁散落着几个空的啤酒瓶。

"过年好!"听到我们的声音,她抬起头,对着我们举了一下手中喝了一半的啤酒说道。往日总是满脸刻薄的房东,如今喝得醉醺醺的。我们只好先将她扶起,搀回我们的房间。

"我要不是看在你们是学生的份上,才不会便宜200块的……我男人没了,也没个孩子……这大过年的,真是冷清呀……"絮絮叨叨,哭哭啼啼,一直到凌晨两点,房东才晃晃悠悠地走了。

睡前，我在被子里打开了酒店给的装有日结工资的信封，一共是400块钱，整整多出200块。经理交给我的时候却什么也没说。

两周后，假期结束了。因为房东除夕夜"大闹"出租屋，我们原本准备"报复"她一下，想着退租时往锁芯里塞点儿东西，但后来商量的结果是凑了200块钱放在了桌上。

7

在路口等红灯。我将车停在斑马线前，人群如潮水般穿过马路，脚步匆匆。路灯透过交织的人影，照在风挡玻璃上，射入车内，我握着方向盘的手上，一道流光映入眼帘。

2022年元旦，在豫园老铺黄金，我无意间看到了一款名为"繁星"的黄金点钻戒指，"大姑"手上的那抹星芒再次浮现在我的脑海。我心中一颤，然后买下了它——作为礼物，送给在上海奋斗了10年的自己。

毕业后，我试着打通了那张名片上的电话，来到上海一家文化传媒公司，做了一名编辑。几年后，我成了这家公司的内容总监。在写专栏的日子里，我常常回忆起当初的点点滴滴，其中有这样一段话：

> 此后的很多年里，我每每碰壁或走投无路之时，心里总会涌起一股力量，帮我悄然化解蜂拥至眼前的狼狈，这股力量肇始于一场风雨如晦的泥泞和滂沱之

中。我孤身走在风雨中，全身被打湿，方向不明，前途未卜，孤立无助。

今天，我正式递交了辞呈，准备与合伙人创办一家公司。

红灯还在读秒中，我将未未送给我的那罐幸运星摆在面前。车外是灯火辉煌的浦东夜色，车内是霓虹灯下的点点繁星。

（摘自《读者》2023年第13期）

在更广阔的世界"成为自己"

◎张　丰

老家一个小朋友来成都读大学。他在国庆节前联系我,想确认我们假期有没有时间见一面。我说,正好和几个朋友约了烤饼干,你就一起来玩吧。他很开心地答应了,最后又补了一句:"我去方便吗?"这句话让我惊异,也有几分感动,"00后"的小孩,即便在农村长大,也懂得所谓大都市的交往礼仪了。

我们父母那一代,拜访亲友多喜欢"空降"。

前段时间回家,父亲想组一个饭局,邀请舅舅过来。我让他提前打电话预约,他不以为然,坚持只提前几小时联系。为此,我们争执不下,甚至有点不快。

我的经验来自繁忙的大都市,因为每个人都很忙,"未来"也安排得满满的,突然拜访会被认为是一种打扰。

当然,父亲是对的。在老家,他即便不见舅舅,也对舅舅的生活了如指掌，因为大家都一样。没人认为突然拜访是一个问题，也不存在"寻人不遇"的情况，如果人不在家，到田里去找就是了。

这两种"经验"，其实代表两个世界。

一个是传统的，相对稳定的；另一个则是现代的，瞬息万变的。从乡村到城市读大学，就是从传统世界跨进现代世界。

人们总是在谈论读大学是否可以实现阶层跃升，这种做法实在太过功利。所谓财富和阶层，都是宏观的、外部的，而如何从传统到现代，则更多是一个人的内心感受，关乎个人生活习惯和世界观的变化——更细腻，更不为外人道，有时候也更艰难。

中国人都很熟悉的朱自清的《背影》，讲述的就是这样一个故事。

文中的父亲无疑是"旧世界"的代表。在月台分别，父亲给作者买了几个橘子。但是，作者观察的重点是父亲的背影，而真正隐藏起来的、面目更模糊的，则是作者自己，一个即将奔赴新世界的"新人"。

20多年前我去外地读大学时，父亲送我到商丘火车站。我一个人上车，放下行李后，买了一瓶啤酒。那是我第一次一个人喝酒，啤酒真是难喝啊，苦。后来我意识到，当时自己的状态，是恐慌多于期待，或许喝一瓶酒，就是面对新世界时为自己壮胆吧。

一觉醒来已经是第二天早上，耳边全是胶东口音，一句话都听不懂，我知道，一个全新的世界已经摆在我面前了。

变动的时代，成为"新人"是每一个人都面临的课题。在中国社会，这是 100 多年来最常见的主题之一。

鲁迅在《故乡》中对这种变化进行了最经典的描述。小说刻画了少年伙伴闰土到中年后的变化，其实，闰土的"变"，只是生理意义上的衰老，在"传统社会"反而是一种常态。如果我们站在闰土的角度看，在北京打拼的"迅哥儿"，变化一定更大，因为那是另外一个世界的人。闰土的那一声"老爷"，未必全是阶层差异的反映，可能还来自对"大地方"工作的人的敬畏。

在鲁迅生活的那个时代，离开故乡到大城市打拼的人还是极少数，连 1% 都不到。如今，中国每年有几百万上千万大学生，要离开家乡到"更大的世界"读书。他们和外出务工的人是不同的，因为他们有着要在新世界立足的决心，有"改造自己"的热情。在传统社会，乡村精英通过科举考试谋取功名后，都有"告老还乡"的一天。鲁迅的《故乡》中，主人公回到老家卖房，这一幕意味深长，他们知道，不管"新世界"如何，自己再也不会回到"旧世界"了。

最近 20 年，这种对自我的改造发展成为有关个人成功的叙事。"超越自己"成为每一个人对自我的要求，而这一过程，通常也伴随着痛苦。这样一个"新世界"，不仅是更大更广阔的，也是更复杂的。成为"新人"，除了获得新的知识和技能，也需要以一种无情的态度来对待过去的自己，那不是决裂，而是一步三回头的告别。

（摘自《读者》2023 年第 18 期）

只需努力,无问西东

◎李 玥

王子安永远忘不了那个下午,盲人学校的老师用很平静的语调,向这群有视力障碍的少年宣告:"好好学习盲人按摩,这是你们今后唯一的出路。"

"怎么可能?!"

这个双目失明的男孩觉得自己突然"被推进无底的深渊"。

在盲人学校的楼道里来回走了许多圈后,10岁的他决定和命运打个赌,用音乐为自己找条出路。

2017年12月,凭着出色的中提琴演奏,18岁的王子安收到了英国伯明翰音乐学院的录取通知书。他将于2018年9月前往这所世界知名的音乐学府。眼下,他正在加紧学习英语。

再把时间拉回到王子安10岁的那一天,从盲人学校回家后,这个男孩"惊诧又愤怒"地向父亲描述在学校的经历。

"你拥有选择的权力,没有什么是你做不到的。"父亲表情严肃,提高了声调。

王子安4岁时,父亲就说过同样的话。那时,只有微弱光感的王子安拥有一辆四轮自行车。父亲握住他的手,带他认识自行车的龙头、座椅、踏板。王子安最喜欢从陡坡上飞驰而下,他甚至尝试过骑两轮车,但有一次栽进了半米深的池塘。

从5岁开始,用双手弹奏钢琴,是他最幸福的事。88个黑白键刻进了他的脑子里,他随时想象着自己在弹琴。遇到"难啃"的曲子,老师就抓住他的小手在琴键上反复敲击。指尖磨破了皮,往外渗血,他痛得想哭。

"看不见怎么了?我的人生一样充满可能。"王子安用手摩挲着黑白琴键,使出全部力气按下一组和弦。

他有一双白净、瘦长的手,握起来很有力量。他从不抗拒学习按摩,只是他讨厌耳边不断重复的声音:"按摩是盲人唯一的出路。"

在父母为他营造的氛围里,王子安觉得自己是个再正常不过的小孩。他和别的小朋友打架,也和他们一样坐地铁、看电影、逛公园。即使被别人骂"瞎子"、被推倒在地,他也只是拍拍身上的土,心里想"瞎子可是很厉害的"。

2012年,王子安尝试参加音乐院校的考试,榜上无名。不过,他的考场表现吸引了中提琴主考官侯东蕾老师的注意。

"音乐对你来说意味着什么?"面试时,侯东蕾问王子安。

"生命!"

这个考生高高扬起头，不假思索，给出了最与众不同的回答。

半年后，侯东蕾辗转联系到王子安的父亲，说自己一直在寻找这个有灵气的孩子，希望做他的音乐老师。

这位老师忘不了王子安双手落在黑白琴键上，闭着眼睛让音符流淌的场景，这是爱乐之人才有的模样。

听从侯东蕾老师的建议，王子安改学中提琴。弦乐难在音准，盲人敏锐的听觉反而是优势。

老师告诉他的弟子，音乐面前，人人平等，只需要用你的手去表达你的心。

但这个13岁才第一次拿起中提琴的孩子，仅仅是站立，都会前后摇晃，无法保持身体平衡——当一个人闭上眼睛，空间感会消失，身体的平衡感会减弱。为了练习架琴的姿势，王子安常常左手举着琴，抵在肩膀上好几个小时，"骨头都要压断了"。

最开始，他连弓都拉不直。侯东蕾就花费两三倍的时间，握住他的手，带他一遍遍游走在琴弦上。

许多节课，老师大汗淋漓，王子安抹着眼泪。侯东蕾撂下一句："吃不了这份苦，就别走这条路。"

母亲把棉签一根根竖着黏在弦上，排成一条宽约3厘米的"通道"。一旦碰到"通道"两边的棉签，王子安就知道自己没有拉成一条直线。3个月后，他终于把弓拉直了。而视力正常的学生，通常1个月就能做到。

但他进步神速。6个月时间，他就从中提琴的一级跳到了九级。

　　学习中提琴之后，他换过4把琴，拉断过几十根弦。他调动强大的记忆力背谱子，一首长约十几分钟的曲子，他通常两三天就能拿下。每次上课，他都全程录音，不管吃饭还是睡前，他总是一遍一遍地听。好几次他拉着琴睡着了，差点儿摔倒。

　　奋斗的激情，来自王子安的阳光心态。这个眼前总是一片漆黑的年轻人，从不强调"我看不见"。他自如地使用"看"这个字，"用手摸，用鼻子闻，用耳朵听，都是我'看'的方式"。

　　他也不信别人说的"你只能看到黑色"，他对色彩有自己的理解：红色是刺眼的光；蓝色是大海，是水穿过手指的冰凉；绿色是树叶，密密的，有甘蔗汁的清甜味。

　　他学会了自己坐公交车从盲人学校回家，通过沿途的味道，判断车开到了哪里——飘着香料味的是米粉店，混着大葱和肉香的是包子铺，水果市场依照时令充满不同的果香。

　　在车上，他循着声音就能找到空座位。他熟悉车子的每一个转弯，不用听报站，就能准确判断下车时间。

　　"人尽其才，有那么难吗？"

　　在"看"电影《无问西东》时，他安慰自己"只需努力，无问西东"。同时，他忍不住想象自己遇见梅贻琦校长，然后被他录取。

　　在第三次报考音乐院校失败后，母亲发现平日里看上去没心没肺的儿子，会找个角落悄悄地哭。

　　有人劝这家人放弃："与其把钱打水漂，还不如留着给王子安养老。"

也有人建议王子安乖乖学习盲人按摩，毕竟盲人学校的就业率是100%。

在共青团主办的广州市第二少年宫，王子安得到很多安慰。当报考音乐院校失败时，这里的同学们会握住王子安的手，拍拍他的肩，或者什么话也不说，只是静静地陪他练琴。

广州市第二少年宫有一个由普通孩子和特殊孩子组成的融合艺术团，97人中70%是特殊孩子。这是一种在发达国家较为成熟的教育理念，让智力障碍、视力障碍、肢体障碍等有特殊需要的孩子与普通孩子在同一课堂学习，强调每个人都有优势和劣势。

在融合艺术团，王子安和他的伙伴登上过广州著名的星海音乐厅，也曾受邀去美国、加拿大、瑞士、法国等国家演出。他们中，有人声音高，有人声音低，但不妨碍每个人平等地享受音乐带来的快乐。

"虽然我看不见这个世界，但我要让世界看见我的奋斗。"在一次赴异国演出的途中，吹着太平洋的风，王子安挥动帽子，高声喊着。

2017年11月的那天，王子安站在英国伯明翰音乐学院的考官面前。他特意用啫喱抓了抓头发，穿着母亲为他准备的黑色衬衫和裤子。他用半个小时，拉完了准备好的4首曲子。

"虽然这不是最后的决定，"面试官迫不及待地把评语读给他听，"因为你出众的表现，我会为你争取最好的奖学金。"

"我赢了。"灿烂的阳光下,他在心里放声大笑。

(摘自《读者》2018年第10期)

思维的成人礼

◎刘军强

作文与论文

每逢毕业季,学生和老师们都要为毕业论文头痛不已,社交媒体中也会流传各种段子。国外有调查显示,抑郁、焦虑等心理状况在硕士、博士中司空见惯。这让我思考一个问题:论文为什么让这么多人不开心?

作为故事的另一面,老师们批改论文和参加论文答辩时的感受同样糟糕。曾有某高校教师在答辩现场愤怒地将论文扔向学生,引起公众热议。更奇怪的是,这一"过火"举动反而引起老师们的共鸣。有的老师甚至模仿诗人田间的句式赋诗一首:"假使我们不去发火,学生用不堪卒读的论文,愚弄了我们,还会用手指着毕业照上的我们说,'看,这是傻子'。"

作文和论文的区别，表面上是两种文体的不同，内里却折射出两种学习方式的差异，深层则对应着基础教育和高等教育之间的结构性断裂。正如北京大学张静教授所言："我们的中学语文教育，主要是一种文学欣赏和评析的模式，但是缺乏证明性写作的训练……大学的专业性写作重点不在个性、情节和人物特征的表达，而是以实证或阐释的方式，去认识人类活动中显现的关系、行为、思想、制度、过程和问题。这种认识必须基于证据：使用专业语言、概念、逻辑和方法，对一个知识（观点）进行证明。这样才能成为有价值的、可运用的知识。"

初入大学的学生是带着写作文的思维写论文。作文与论文差别如此之大，结果就是让师生一起头痛。哪怕留学常春藤名校的中国学生，也很难摆脱这种情形。在耶鲁大学教写作的艾米丽·尤里奇教过中国学生，非常熟悉中国学生的特点。他说："当我拿到一篇文章，几乎能一眼判断出，这篇文章是出自中国学生之手，还是美国学生之手……中国学生很爱用长句，喜欢用各种复杂的术语来重复同一种意思，喜欢诗意的、华丽的辞藻和句子。"

作文给学生带来的定式思维非常顽固，以至于有教授疾呼："作文一日不废，学生就是修辞的工具，就很难养成科学表述问题的习惯。"

基础教育与高等教育

中国的大学经过几十年的建设，水平已经今非昔比。研究性大学的兴起对学生的写作水平提出了更高的要求。作文与论文背后，是中学与大学两种教育方式之间令人忐忑不安的断裂。

中小学以应试为主，重视刷题；大学一般不再"填鸭"，注重独立思考。

考试是中小学的主要考核形式，简答论述题导致学生们养成了罗列要点式的思维方式；大学生得自己发现并解决问题。中学老师常问：记住了吗？大学老师则是问：你怎么看？

中小学学习高度结构化，连睡觉和吃饭等生理时间都是规定好的；而大学教育则假定你是一个成年人，所以基本没有人管你。

中小学生活在父母的期望中（考上好大学）；到了大学，学生的自我意识复苏，开始为自己而活。

中小学老师几乎是监护者的角色，大学老师则像是疏远的朋友或者最熟悉的陌生人。你会担心中学老师经常找你，但大学里你经常找不到老师，见面通常需要预约。

中小学学生完全是知识消费者，而大学生尤其是硕士、博士研究生，则需要承担一部分知识生产的责任。

当然，我们不能苛求中小学的应试教育。中国这种超大规模的赶超型国家，不得不维持以闭卷考试为主体的考核体系，以维护社会流动的公平。高考已经成为社会公平的一个重要试金石。如果推行灵活的选才机制，各种"花样"都可能冒出来，反而影响大家对教育体系的信心。

不过，我们也得承认：这种考试范围确定、强调确定结果的考核方式深刻地影响了学生的思维方式。力求标准答案的思维方式确有其弊端。这样训练出来的人，可能有一些能力，但是，"能力可以让火车准点行驶，却不知道要驶向何方"。

如吴军所言，如果你是一个"追赶者"，比如说"原来的计算机是怎么做的，那我也照样做一个"，这没有问题。但当你不再是"追赶者"，而是和人家并驾齐驱的时候，这事儿就麻烦了——你会不知道要往哪儿跑。因为它（往哪儿跑）没有标准答案。

当中学生升入大学，他们几乎是毫无准备地迎接一种完全不同的生活和学习方式。新生来到大学，相当于"12年有期徒刑"结束的囚犯来到了一个"无法无天"的世界：有大把的时间，也有大把的空白；有大把的选择，也有大把的迷茫。所以，面临如此断裂的标准和教育模式，大多数大学新生会惊慌失措。如果无法调适好心态和学习习惯，那么等待他的将是充满焦虑、压抑、疏离、挫折、自我怀疑的4年，甚至10年（本科、硕士、博士）。

总之，从作文到论文的写作方式之变化，不啻思维方面的成人礼。

大学写作训练通常分为两类：创意写作与说理写作。创意写作通常面向小说、诗歌、戏剧、剧本等文体，说理写作则面向论文、实验记录、调查报告、文献述评等文体。大学阶段最重要的学习任务是能写有根有据，有问题、有论证，结构完整的论文。

说理写作不介意寡淡的白描，不主张圆滑的含混，不裹挟冲动的杂质，而是仔细发出理性的声音。写作并非只是码字。说理写作可以帮学生们完成作业、修完学分，但毕业后这些技能还有用吗？毋庸置疑。如李连江教授所言，写作能力是助推事业起飞的火箭燃料。

说理写作背后是一套复杂的思维能力：敏锐的观察和提问能力、资料的搜集与消化能力、抽丝剥茧的分析与论证能力、化无形为有形的整合能力、以读者为中心的共情和沟通能力。这些能力对于个人生活和职业生涯的竞争力，有很强的外溢效果。

一位留学北美的博士有如下评论：这些训练不仅可以用于科学研究、发表论文和找工作，它们还改变了我的思维方式。没有经验、不知道该如何解决的问题可以通过社会科学研究方法解决；不知道如何与雇主谈判，便翻翻前人的文献，总结出几种经实战证明比较有效的谈判策略；不知道如何高效地找到男朋友，于是以基本统计原则确定了找到此人的途径；又读了关于婚姻关系的文献，知道了影响婚姻满意度的几个关键因素。

这段话显得过分理性。不过，现代化的过程不就是一个逐渐祛魅，从相信土法偏方到依靠科学发现的过程吗？

一个人思想成熟的标志之一，就是能写出清晰连贯、逻辑通畅、言之有物的文章。对文字工作者而言，尤其如此。

（摘自《读者》2021年第8期）

青春镶火锅

◎ 曾　颖

1987年，我职高毕业，正逢什邡要建一个电厂，于是报名去考，居然考中了。因为大家都是新员工，对发电技术一窍不通，于是，厂里组织我们到重庆进行一年的学习与实习。这对从来没出过远门的我们来说，无疑是极具诱惑的。

学习的地方，是黄桷坪。这里是重庆发电厂所在地，故而有好几所相关的电力大中专和技校。

我们所在的技校正门外是黄桷坪农贸市场，这里除卖菜的和卖杂货的以外，还零星散着几家小饭馆和火锅店。火锅店的规模很小，开在小区住户家里，通常是外间摆两三张桌子待客，里间住着人。

我一直很奇怪，这些小火锅店是怎么盈利的？直到有一天，我和一个同学被香味吸引，走进其中的一家，才知道了答案——

这些火锅店用的盈利诀窍，就在于"镶"。

镶，在这里用作动词，即拼凑和组合的意思。镶火锅，就是拼凑组合的火锅。相互不认识的陌生人走进店来，老板看哪里还有空位，就把你往哪里一安排，送上筷子和菜，你马上就可以融入热气腾腾的吃火锅的氛围中。

通常是一个铁锅或铜锅，里面放上一个铁架隔断。这种隔断，有四宫格的，有九宫格的，并不像鸳鸯锅那般汤水不通，互不往来，而是只隔菜不隔汤，不同的客人上桌子，认准自己那一两格，涮得呼儿嗨哟。

这种吃法，对我们来说当然是一种挑战。虽然我们在老家也不是没有干过几双筷子在一个菜碗里搅的事，但那是在亲人或至少朋友之间，不像重庆这里，不管认识不认识，拿起筷子就开涮。

事实证明，我想多了。因为凭重庆人的性格，很难出现一场火锅吃下来，大家还是陌生人的场面。

我第一次镶火锅，碰到的不是一个耿直的蛮娃，而是与我们年龄相近的两个女孩子。当时店里只剩我们这桌有两个空位，女孩子很自然地坐下。我和小伙伴很不自然地收拢了腿，与腿一起收拢的，还有我们轻松自在的表情。

女孩子们可能还没见过这样的场景，相视一笑。而我们这种从小地方出来没见过世面的人，最害怕的就是这种莫名其妙的笑——总觉得必是自己有什么不妥。

大家开始别别扭扭地涮起火锅来。准确地说，是我们别扭。

每次夹起一筷子菜，我都特别小心，然而越小心，越容易出错。当我夹起一根鹅肠，小心翼翼地从姑娘们的格子上空掠过时，不想那鹅肠竟如湿滑的蛇，扭转着身子奔逃而下，直入女孩的火锅格中。

一份鹅肠就三五根，这可是我们点的不多的两样荤菜之一。我想夹回来，觉得不好意思，不夹回来又有些舍不得。

我对面的短发红衣女孩似乎看透了我的心思。她笑着夹起自己盘中的一根鹅肠，放到我的汤格里，说："谢谢你敬我的鹅肠，来而不往非礼也，别让我'非礼'你哦！"

这样的处理方式，既避免了我的尴尬，又活跃了气氛。在一来一往之间，笼罩在我们桌上的局促感被打破了。

女孩名叫文婷，是电技校的正式学生，土生土长的重庆人。与她同行的长发女孩，也像我们一样，是来参加短训的内江妹子。她们也是在火锅店里偶尔镶上的朋友，因为爱吃火锅而走到了一起。

之后，这个小团体就变成了4个人，而其中又以我和文婷都喜欢文学，相聚的次数更多。我们常常是一面AA制吃火锅，一面聊无悔的青春和撒哈拉的沙漠，感觉既温暖，又亲切。

我那时十八九岁，正处在女孩子看我脸上有饭粒冲我笑，我都会以为她喜欢我的年纪。文婷虽然没有光艳四射的面容，却有着十八九岁少女的青春活力和古灵精怪。

那之后，我的梦渐渐多了起来，火锅瘾也越来越大。我隔三岔五，就想往火锅店跑，希望偶尔能"遇上"文婷，和她就着火锅，聊各种有趣或无聊的事。她就像一味香辣的火锅底料，再平淡无味的菜，都能被她变得兴味盎然。

虽然火锅价格不高，我们还常常AA制，但每次几元钱的消费，于我而言还是一个不小的负担。当时我每月的收入仅37.5元，家里偶尔接济一点，基本是杯水车薪。为了吃火锅，我卖过饭票粮票，甚至借过钱。

在实在想不出办法借钱的日子里，我就谎称自己牙疼或上火。我们会相约到操场走走，或去电影院看场电影。当年许多的经典电影如《红高粱》《敦煌》《霹雳舞》等，都是我们一起看的。有时是她请我，有时是我请她。我们一起聊着电影的情节从石阶上走过的场景，成为我青春岁月中最美的一段回忆。

直到离开重庆，我们都没有说出一句超越友情的话，做出一件超越友情的事。我很享受这种氛围带给我的温暖，生怕因自己某个不当的言行，打破这种默契。她是怎么想的，我不得而知。但她说过很多次"相信男女之间有单纯的友谊"，我把这话当作暗示。

如今，我已经到了任何女性冲我微笑，我都怀疑是因为自己脸没洗干净的年龄，但我内心仍存着一幅美好的画面，那是一次与火锅有关的邂逅，还是上天要我明白某些道理而刻意做出的安排，我也说不清楚。

之后多年，我吃过无数次火锅，无论规格、档次还是环境都远超当年，但就是觉得没有那个味儿。我知道，这与火锅无关。

（摘自《读者》2023年第4期）

远方是药也是病

◎陈海贤

有一段时间，我在给一个节目做心理顾问。这个节目要求选手在山清水秀的野外过一段全封闭的生活，24小时网络直播，持续一年。因为是封闭节目，为防止选手出现心理问题，节目组就委派我在每个选手上山之前跟他们聊聊。这件事本身就不同寻常，所以了解这些人参加节目的动机，就成了一件有趣的事。

来参加节目的人形形色色，有在非洲某岛国长大的美女模特，有辞职在丽江开客栈的都市白领，有身价上亿的公司老总，也有到处流浪的行者和手工艺人……吸引这些不同身份、不同背景的人来参加节目的，并不是一般人以为的"成名"。很多人来参加这个节目，纯粹是被"别处的生活""远方"这样的概念吸引来的。

"远方"是一个神奇的词。卡尔维诺说，对远方的思念、空虚感和期待可以延绵不绝，比生命更长久。这种思念究其本质，就是对生命可能性的向往。当人们陷入生活的琐碎，感到无聊、疲惫、厌倦时，"远方"就会在幻想中被制造出来。它所代表的可能性，既能容纳过去的失败和悔恨，又能容纳对未来的希望。可是到了远方以后呢？如果你没有改变，他乡还是会变成故乡，疲惫和厌倦还会爬上心头。你要么适应，要么重新开始迁徙，周而复始。

在被问到为什么想来参加节目时，有的选手说："这几年工作挺忙，钱也没少挣，只是外面的生活太累了，处处都是钩心斗角。我只想来这里休息一段时间，过一段隐居的生活。"

他进了这个生活场，最开始很新奇、很开心，但过不了多久，疲态就来了。他开始觉得，这里的生活不仅累，还复杂，也有流言蜚语、拉帮结派、钩心斗角、阴谋诡计，区别只在于，在外面的世界中，这些钩心斗角对应的"标的物"好歹是功名利禄这些社会上的硬通货，但是到了山上，人们的心思、伎俩和他们所图的利益完全不对称。

这些选手原本只想来这里过一种安逸的生活，却没想到过得比在外面还累。于是有人无奈地感慨道："有人的地方就有江湖啊！"

可是，"远方"如果真的只是幻觉，佛陀迷茫的时候，明明也是走出宫殿，到了远方，才找到答案的啊。即使他得道以后，也是住一段，迁徙一段的啊。

节目里有个小伙子，在丽江做皮具、开客栈、种成片成片的向日葵。向日葵一开花，他就一手拿着向日葵花，一手握着自行车把，在田间歪歪扭扭地骑着自行车，后座上载着心爱的姑娘。这哥们儿年轻的时候在北京的大酒店当服务生，过得很苦闷。有一天，他在网上看到一位大哥拍的到无人区探险的纪录片，恍然大悟："这才叫人生！我也要过这样的人生！"他鼓足勇气递交了辞职信，揣着几个月的工资去远方寻找生计。他到了大理，看到有人在旅游区开了个小店，一边做皮具一边售卖。他就每天跑到那家小店门口蹲点，仔细观察人家是怎么做的。一个月以后，他也开始在街边卖皮具谋生了。

远方的生活当然没有那么美好。有一段时间，他在大理待得有些厌倦，就把皮具店的门一关，跑到西藏重新开店，卖起了各种石头、蜜蜡。当他觉得生活太无聊而感到厌倦时，他就有勇气和信心换个地方重新开始。这种勇气和信心就是他在适应远方的艰难时培养出来的。

所以，"远方"的意义并不在"远方"，而是在寻找的过程本身。但想象中的"远方"确实给人们提供了启程的动力，而现实中的"远方"又培养了人适应新环境的能力。所以，我们才会一而再，再而三地站在眼前的苟且处，歌颂起远方的田野。我们歌颂的是对庸常的不甘、对生活的向往，以及改变的勇气。

（摘自《读者》2021年第8期）

沾衣欲湿杏花雨

◎肖复兴

六十三年前,我升入初一。在这所陌生的中学里,同学之间往来不多,大家都显得有些孤独。他们可能和我有一样的心思,很希望找到朋友,可以更快地融入班集体里,让自己的心爽朗一些。

非常奇怪,我的第一个朋友,不是我们班上的同学。他比我高两个年级,读初三。现在怎么也想不起来,我们是怎么认识的了。仿佛他乡遇故知,在校园里走着走着,偶然间相见,一下子电光石火一般,那么快便走在一起。人与人的交往,有时候真是很奇特,大概每个人都有属于自己的磁场,彼此的磁场相近,便容易相互吸引,情不自禁就走到一起了吧!

有这样一个情景,我怎么也忘不掉,就像电影里的特写镜头:初一第一学期快要结束的时候,一天下午放学之后,我们走在永定门外沙子口靠近西口的路上。落日的光芒烧红了西边的天空，火烧云一道一道流泻着，好像特地为我们而烧得那么红，那么好看。那一幕，尽管过去了六十年，依然清晰如昨，如一幅画，垂挂于眼前。

我已经弄不清，为什么那一天我们会走到那里，应该是他家就在附近吧。那时候的沙子口比较偏僻，路上的人不多，很清静，路旁行道树上的叶子被冬日的寒风吹落，只剩光秃秃的枝条，呈灰褐色，没有了一点儿生气。但我们的心里是那样的春意盎然，兴奋地聊个没完。

他叫小秋。这个名字，我觉得特别好听，后来读到柔石的小说《二月》，里面的主人公叫萧涧秋，名字里也有个秋字，便会想起他，更觉得这个名字好。他人特别白净，长得也英俊，这是他留给我最初的印象。我心里总是这样失之偏颇地认为，好朋友，应该都是长相英俊的。

那天，主要是他对我说着话。印象最深的是，他读的课外书真多，一路上不断向我讲起好多书，这些书我不仅没有读过，连听都没有听过。听他这么一说，才知道自己和人家的差距那么大，便谦恭地听他讲，不敢插话，生怕露怯。

由于这样深刻的印象，我有点儿佩服他，觉得自己以前懂得的太少，看的书太少，很是自惭形秽。有这样一位同学做朋友，真是太好了，可以帮助我打开眼界。一个小孩子长大的过程中，特别需要身边出现这样的朋友，不仅能玩在一起，更需要能够学在一起。作为年龄小，或者知识能力弱的一方，如果能有一个比自己稍微大一点儿、各方面能力强一点儿的朋友，受益的是前者。

小秋出现在我面前，有些突然，有点儿像横空出世的侠客特意前来帮助我一样，带给我很多意外的收获，就如同让我看见眼前似锦的晚霞，是那样的明亮璀璨，令人向往。

那天，小秋对我讲起的很多书名，我都没有记住，只记住一本《千家诗》。我听说过这本书，但没有看过。他对我说，比起《唐诗三百首》，《千家诗》更简单好懂，也好记，更适合咱们这样年龄的人读。

他告诉我他家有《千家诗》，可以借给我看。

上午第一节课前，小秋到我们班的教室门前，招呼我出去，把《千家诗》借给了我。

这是一本颇有年头的线装书，纸页很旧，已经发黄，很薄，很脆，文字竖排，每一页的下面半页是一首诗，上面半页是一幅画，画的都是古时候的人物和风景，和这首诗相配。我从来没有见过这样的书，以为是古书，起码也得是清末民初的书了。我很怕把书弄坏，回家后，立刻包上书皮。我又买了两个横格本，开始抄上面的古诗。每天抄几首，一直把这一本《千家诗》抄完。抄录的第一首诗，是宋代志南和尚写的七言绝句：

　　古木阴中系短篷，

　　杖藜扶我过桥东。

　　沾衣欲湿杏花雨，

　　吹面不寒杨柳风。

周六下午，学校一般没有课，课外活动都安排在这时候。不过，那时，我一个社团都没有参加。我生性不大好热闹，不大合群。

周六的下午，我一般会去文化宫的图书馆，那里离我家不远，是原来太庙的一座配殿，虽然不大，毕竟是皇家宫殿，红墙琉璃瓦，古木参天，夏天的树荫凉儿遮住整个阅览室，特别凉快。

那个周六，是在初一第二学期开学不久，刚刚开春。上午最后一节课下后，我立刻跑进食堂，匆匆吃过午饭，就往外跑，想抓紧时间赶去文化宫。在食堂门口，遇见了小秋。我已经很久没有见到他，他快中考了，学习紧张。他在食堂门口是特意等我的，也不知道他吃没吃午饭。

他问我下午准备去哪儿，我告诉他去文化宫图书馆。他说，我和你一起去！我们俩来到文化宫图书馆，各抱一本书，像老猫一样蜷缩在软椅上，待了整整一下午。

黄昏时分，我们走出文化宫，穿过天安门广场，走到前门楼子，再往东拐，就拐进我家住的老街。我知道他是特意陪我走到这里的，但不知道他陪我一下午，是有事情对我说。我看他一直有些犹豫，憋了一下午。

我指着旁边的有轨电车，挺感激地对他说，你快回家吧！

我们在电车站等车，他忽然对我说，明天星期天，你有空吗？

我这才明显感到，他陪了我一下午，其实就为说这句话和这件事的，便忙对他说，有空！有空！你有什么事情吗？

我想让你陪我去一趟东北旺。

东北旺？

我第一次听说这个地名，这个陌生的地名，让我觉得不在城里，一定挺远的。不知道他有什么事情，非要去那里。但他决定去，而且是想让我陪他一起去，肯定是有要紧事情的。

我对他说了句，行啊，没问题！心里还是有些好奇，忍不住小心翼翼地问他，有什么事情吗？

他说，说来话长，明天在路上告诉你！

行！我立刻答道。听他的语气，看他的神情，我明白，他中午就来找我，又陪我看了一下午的书，鼓足勇气让我明天陪他去东北旺，是对我们的友情的肯定，还有什么比朋友之间的感情更重要呢？

他和我约好明天上午，还在这里碰头。他说，我坐电车到这里，然后，咱们再坐汽车，不过，得倒好几回车，路挺远的，你得做好准备！

没事！咱们早点儿走！

第二天早晨，天有些阴，风有些料峭。我早早赶到电车站，想着自己离车站近，早点儿来，别让小秋等。谁想到，我远远看见小秋站在电车站前了。

我们确实倒了好几回车，公共汽车一直往北开，过了西直门，又往西北开。城里的高楼和商店都见不到了，见到的是大片大片的农田和矮矮的平房，乌云低垂，只能隐隐看见西山起伏的淡淡轮廓。在车上，小秋对我讲了去东北旺的原因。他的父亲犯了什么经济案，还好，最后没有被判刑，只是到劳教农场劳教六年。这个劳教农场，就在东北旺。这是他刚上小学六年级发生的事情，那时，他小，不明白家里突然少了爸爸是怎么一回事。上中学之后，才彻底弄清事情的原委。妈妈觉得这事情太让她感到羞耻，所以从来没有到东北旺看过丈夫。小秋有一个姐姐，比他大好多，已经工作了，有时候会去看看爸爸。姐姐前两年结婚有了小孩，没有时间再来了，他就来东北旺看望爸爸。

他说，每一次来，坐在长途汽车上，心情都特别难受，特别想有个伴儿能陪陪自己，自己也好把憋在心里的话说出来。但是，这又不是什么光彩的事情，找谁说呢？所以，犹豫了好久，想到了你！我想，你不会嘲笑我，看不起我……小秋的话，让我好感动，我知道这是友情带来的最真诚的信任，我从来没有感受过这样的友情，这样的信任。那一年，我十三岁，小秋十五岁，处在这样年龄的孩子之间建立起来的友情，像水一样清澈透明。这样的友情，这样的信任，没有什么额外要求，只要那么一点点的陪伴，和倾听与理解。

我真的没有想到，平常那么好学向上又那么开朗的人，竟然有着这样的难言之隐。父亲带给他的压力，深深地藏在他的心里。听完小秋的话，我忽然有一种想哭的感觉。我望着小秋，他并没有看我，而是扭过头望着车窗外。窗外的云压得很低，像要下雨。

汽车在东北旺的站牌前停下来，只有我们俩下了车。还要走老远的路，才能到劳教农场，走到半路，我们走出一身汗。前面有一棵山桃树，鲜红的山桃花开得正旺，让阴云笼罩的田野有了明亮的色彩。小秋指着树说，咱们到那儿歇一会儿。他想得周全，带了义利的果子面包和北冰洋汽水，让我垫垫肚子，说到了那里没有饭吃。我从他的手里接过面包和汽水，看他的样子，像一个细心的大哥哥；再看他的神情，又觉得掩藏着那么深沉的忧伤，是我们这个年纪不应该有的。我闷头吃面包，不敢再看他。

那天见到小秋爸爸的具体情景，我记不太清了，只记住一个场面，他爸爸伸出两条胳膊，让我们两个一人抱着他的一只胳膊，在上面打摽悠儿。他是那么强壮，胳膊上隆起饱满鼓胀的肌肉，像学校操场上结实的单杠。我们都是那么大的孩子了，但抱住他的胳膊，蜷着腿，他像在做体操的十字悬垂，带着我们来回旋转，我感觉就像坐在公园里的旋转木马上，惹得周围的人都笑了起来，连站在一旁的警察都忍不住笑了。我看见，小秋也露出难得的笑容。

我们从东北旺回到城里，天已黄昏。乘车到前门，我送他坐上有轨电车的那一瞬间，趁着车门没关，上前一步紧跟着他也迈上了电车。小秋吃惊地问我，你这是干吗呀！

我对他说，我送送你！

这个念头，是在他上车那一瞬间突然冒出来的。我不想在这一天让他一个人回家。

他望望我，没再说话。有些拥挤的车厢，在大栅栏这一站上来的人多了起来，挤得我们俩常碰撞在一起。我们从来没有挨得那样近过，我能闻见他身上的汗味，甚至能听到怦怦的心跳声。我想，他肯定一样，也闻得见我身上的汗味，听得见我的心跳。那时，我想这应该就是友情的味道，友情的心跳吧，尽管有些酸文假醋，却是我少年时期对友情最温暖、最天真的一次感受。

这趟有轨电车，永定门是终点站。下了车，要走到沙子口。小秋没有再说什么，任我陪着他走到沙子口，一路上，我们默默地走着，没有说话。我们在沙子口的路口分手告别，他突然伸出双臂，拥抱了我。那一刻，稀疏的街灯亮了起来，在因阴云笼罩而越发晦暗的夜色中，昏黄的灯光洒在我们的肩头。

返回途中，憋了一天的雨，终于下了起来，不大，如丝似缕，沾衣欲湿。

（摘自《读者》2023年第10期）

仪式感

◎明前茶

朋友老张 13 岁的儿子,这学期转学到一家闻名遐迩的私立学校就读。在老张眼里,儿子的学长学姐们拿到多少名校的 offer(录取通知)是次要的,作为家长,他看中的是这所学校令人心动的仪式感。

在这所学校,所有的学生寝室都预备了熨衣板和蒸汽熨斗。不管是参加周一的升旗仪式,还是参加学校合唱团的表演,抑或是找校长谈话,第一件事,就是要把衬衫和校服西装熨得笔挺。为了贴合小男生们正在蓬勃发育的身体,学生手册上要求男生的衬衫要熨出 12 条线,正面 8 条,后背 4 条。新生们没干过这事,高年级的学长来手把手地教他们用大头针别出形状与间隔,再用蒸汽熨斗上下仔细地熨烫。周日的下午或晚上,学生们轮流使用蒸汽熨斗,那份肃穆与认真、敬畏与庄严,像潮水一样漫过他们稚嫩的身心，将他们的心神洗濯一新。

一开始，有家长觉得学校这样要求十二三岁的学生，特别是皮猴儿一样的男生，有点苛刻。对于这一点，校长是这么解释的：所有的自律，一开始都来自"他律"。有制度约束你、成全你，促使你养成清醒、周正、严于律己的习惯，孩子们将受益终身。校长本人也是这么做的，他规定任何学生都可以提出书面申请，要求"与校长谈谈"。他也会着正装与学生会面，毫不马虎。

对仪式感的推崇与敬畏，让孩子们觉察到坚持带来的收获。每个人都在社交平台上为自己的新年愿景打卡，自觉接受大家的监督。发誓要读完英文原著的，每天报告自己的阅读进度与感想；学国标舞的孩子，每天晒习舞视频。老张的儿子为减肥健身，每天坚持长跑5公里，从寒风凛冽跑到春暖花开，每天都晒出自己的跑步路线与配速。

坚持100天，再愚钝的孩子，也会明白通过生活中的仪式感，是如何战胜根植于每个人心中的怠惰、马虎、潦草与苟且，让自己如一棵松柏，向着天空，笔直地挺进。

老张至今还记得自己上中学时的经历。30多年前的农村中学，考生们成天埋头学习，无暇顾及个人卫生，头发多日不洗不梳，像蓬乱的鸟窝。高考前两天，班主任要求大家放下书本，到操场上去。到了水池边，大家都惊呆了：老师们准备了20只崭新的脸盆，要求孩子们为同伴洗头。老师们自掏腰包买了香皂，在温水中化出浓浓的皂汁，一一倒在孩子们的手心上，看着他们揉出泡沫，洗出蓬松清香的头发和干干净净的手脸。孩子们互相观望着，捂着嘴偷乐，带着些许恍惚看着镜子中的自己。是的，不过是赶在高考前洗了个头而已，他们却能感受到比誓师大会更有效的振奋，感应到板结贫瘠的内心深处忽闪忽闪地钻出了绿苗。

（摘自《读者》2018年第12期）

二十年的派克钢笔

◎秦嗣林

1988年,一个再寻常不过的下午,我一如既往在铺子里忙日常事务。一位老先生推开大门走了进来,颤巍巍地从怀里掏出一支派克钢笔,表明要典当。派克钢笔原产于美国,在20世纪五六十年代曾盛行一时,是一种身份的象征。

我端详着眼前这位老先生,他年近古稀,有一种不同于他人的文人气质,说话时有浓重的山东口音。感觉投缘,我便请老先生到办公室里坐着歇腿,沏壶茶请他喝。一坐定,老先生就将钢笔递给我。在灯光下,笔身现出因长期在指间被摩挲而特有的光亮,虽然有些磕碰的痕迹,但还是看得出使用者的爱惜之心。再转到背面,只见笔杆上面刻着"杨老师惠存"5个字。

一问才知,眼前这位老先生就是杨老师。我一听他是位老师,而且还是山东老乡,亲切感油然而生,忍不住多聊了一会儿，便又接着问他："为什么要当这支钢笔？"

杨老先生回答说："我年事已高，眼力也不好，没办法写东西了。与其让它闲置身边，不如换一点钱。如果传到有缘人手上，至少可以拿它写写字，钢笔的生命也得以延续。"

问明前因后果，我感佩杨老先生爱惜文具的读书人个性。虽然一支老旧的派克钢笔值不了多少钱，而且被人买走的概率也不大，但我还是马上写好当票，将典当的800元交给他。

由于杨老先生无意赎回，所以3个月后，这支钢笔自然流当了。我把钢笔从库房里拿出来，擦拭干净后，放进门市部的玻璃展示柜中。那是铺子的流当品陈列区，专门摆放没人赎回的商品，等待其他顾客的青睐。一般来说，流当品可简单分为两种：一种是市场接受度高的物品，例如相机、手表、电器等，这类商品通常会被专收二手商品的商贩买走；另一种是各路商贩都缺乏兴趣的商品——虽然派克钢笔算是名牌产品，但是没什么与众不同的设计，甚至有人说收钢笔不如收个打火机实用。

那方小柜，虽名为展示柜，实则十分简陋——一方面是因为流当品陈列柜不够显眼，一方面也是因为里头其实没什么值钱的东西，自然比不上百货公司的橱窗引人注目、光鲜亮丽。一年多下来，别说卖掉，连一个询问派克钢笔的客人都没有，渐渐地，我也忘了这支钢笔的事。

某日下午5点多，有位先生恰巧在当铺门口的公交车站等车，闲着没事四处张望，赶巧儿就瞄到流当品展示柜。他定睛看了一会儿，马上走进店里问："老板，柜子里的那支钢笔可不可以拿出来看一下？"我说："当然可以！"从外表和谈吐推测，他应该是位读书人，我便招呼他到办公室里坐会儿。

他拿起钢笔反复细看，愈看，表情愈复杂。看到笔杆上的题字时，他突然神色大变，激动地流下泪来，哽咽着问："请问当这支笔的人，是不是杨某某老师？"一个大男人在我面前流泪，吓得我赶紧翻阅典当记录。果真，典当人的名字正如他所说。读书人一听，情绪更激动了，一时间涕泪俱下。我一面劝他喝点茶稳定一下情绪，一面问他到底想起了什么伤心事。他擦了擦涕泗交流的脸，娓娓道来。

"我爸爸是个伐木工人，每天用劳力换取家里的开销。但在我读高三时，爸爸因为发生意外不幸去世，家里顿失经济支柱，妈妈只好出去打零工。眼看联考即将来临，而妈妈的收入有限，实在无法养家。为了维持家计，我只有放弃学业一途。

"当年，杨老师教了我们一年的语文课。他知道我的境况后，不愿看我就此失学，竟然执意帮我出学费，坚持要我把高中读完。我拼命念书，最后终于考上大学，后来也当了老师，总算没辜负杨老师对我的期望。

"虽然杨老师只教了我们一年，但是同学们对他印象很深。他的山东口音特别重，第一次上课时，全班没人听得懂他在讲什么。一段时间之后，同学们习惯了他的口音，才发现老师的学问底子十分深厚，能把枯燥的古文讲得生动有趣。

"高中毕业时，全班凑钱送了老师一支钢笔，就是我手上这一支。"

我听完他的故事不禁动容，没想到一支看起来毫不起眼的派克钢笔竟然包含了一段跨越20年的师生情谊。

读书人问我钢笔要卖多少钱，他想将它赎回。我听了连忙摇手说："这支钢笔对你意义重大，你要给我钱，我也不知道怎么收啊！我送给你得了。"接着，我又找出一年多前杨老师登记的地址，嘱咐他有空赶紧去探望老师，好好叙叙旧。

最后，这位读书人还真的找到杨老师，甚至召集了三十几位受过杨老师教诲的学生举办了同学会兼谢师宴，还特地邀请我去参加。当天的场景温馨感人，我至今难忘。

现在回想起来，这一切真是巧合得不可思议。我的流当品展示柜非常不显眼，不但又小又旧，也不常擦拭，而且里面摆的东西种类繁杂，不仔细看还真看不出个名堂。但这位读书人路过店门口，随意瞧了两眼，居然一眼就认出那支20年前送出的毫不起眼的派克钢笔，要知道，上头的题字可是在背面哪！

杨老师当年的春风化雨，让这位读书人有机会继续深造，也影响与改变了他的一生。而读书人也是性情中人，要不是他始终感念老师的扶助，恐怕也没有机会重叙他们20年前的师生情谊。

人生的际遇充满数不清的偶然，这些偶然往往都有其美好的一面，但并不是所有人都能感受到。唯有心怀善良、懂得感恩，才能让这样的偶然圆满，就像杨老师与学生20年后还能重逢的情谊和缘分一样。

（摘自《读者》2018年第7期）

九字读书法

◎冯　唐

读书是人类最简单的奢侈，再富有的人，能买到的最好的智慧也来自一些经典书籍。鼓励读书，引导读书，总没有错。虽然我读书的经验并不一定适用于所有人，但它至少是我走通的，可以作为一个参考。

不着急，不害怕，不要脸。这九字真言是我的体会，它们不仅适用于做事，也适用于读书，而且是很好的读书方法。"不着急"是对时间的态度，"不害怕"是对结果的态度，"不要脸"是对他人评价的态度。

不着急，是指给成长以时间。读书的确能增长智慧，但是，你不要期待读了一遍《论语》，就能成为孔子。古人说，"读书破万卷，下笔如有神"，其实也强调了耐心。"破"是指认真读和反复读，破了万卷之后，下笔才能有神；破了一卷，那还在迷糊中，分不清东南西北。需要澄清的是，万卷没有我们想象的那么多。古书通常简短，读万卷书也并非不敢想象，像《资治通鉴》这样的大部头，全书294卷。一个人一周读两本书，一本是可能没那么多阅读快感的经典著作，一本是自己有阅读快感的新书，一年下来，大概读100本书，10年下来，你就是读过万卷书的人了。

不着急，还指读书的时候不要匆忙。没有人催你，你也不要惦记着用号称读书多去显摆。读书只是为了打发无聊、增长智慧、脱离苦海，没什么可以显摆的。我不理解为什么有些人崇尚倒背如流，我也不理解为什么有些人崇尚一目十行。这些都是外道，不要搭理。

不着急，甚至意味着花些笨功夫，比如，背字典，英文词典和《新华字典》《古汉语常用字字典》都可以拿来背；比如，背诗词，可以在《唐诗三百首》《宋词三百首》《千家诗》等书上下功夫。天下武功，唯快不破；读书之法，唯笨不破。

不害怕，是指给自己以信心。无论某本书的作者是多么了不起、其名声多么如雷贯耳，你也不要害怕，而是平视他。求真，不薄今人爱古人；认可天才的存在，但是也相信，我们都是地球人，天才也有很多局限性。

不要脸，是指给不完美以容忍。没人能读尽天下书，没人能尽知天下事。不知道商鞅是卫国人，不丢人。不知道一些字的发音，不丢人。没有读尽《四库全书》，不丢人。生命有限，知止远远强于拼命装有学问。拿我举例，我把多重积分都忘了，我没细读过任何一本讲西方哲学的书,今生我也不想再读了。

以上是我和大家分享的九字读书法。腹有诗书气自华,世事艰难,大家都要多读书,磨好剑,江湖见。

(摘自《读者》2023年第1期)

出　路

◎永　爱

我的侄子从小就聪明伶俐，上学之前，所有人都对他充满期待。

望子成龙的弟弟和弟妹把他送进了一所非常好的小学。弟弟甚至跟我说："我就是没有好好读书，才当了电焊工。我儿子可得好好学习，不能像我这样！"

然而，侄子上学的第一年，就摧毁了我弟弟的信念。因为，我侄子不会写字。我们无法理解，一个孩子怎么能不会写字？他一定是不想写，找借口说自己不会写！一开始，弟弟和弟妹就是这么认为的。为此，侄子没少挨他父母的打骂。

每天放学回家，老师布置的作业就是听写生字。我弟弟、弟妹忙于生计，顾不上。于是这项任务就落在了我爸妈身上。每次听写生字，我侄子就仰着脸看着我妈，傻笑着说："奶奶，我不会写。"

我妈会耐心地说:"你再复习一下,今天学的这10个字你一定要会写。"

于是侄子对我妈说:"奶奶,这字就像画,太难了,我画不出来。"

侄子真的就像画家一样在临摹字。他写出来的字总是丢横落竖,形似但不正确,是错别字。10个字能写对一两个就不错了。但奇怪的是,如果把要听写的字放在他面前让他读,他能读出来,也知道意思。用词语口头造句他也没有问题,但把句子写出来,他就不会了。

我妈对我弟弟说:"这孩子不太对劲,跟普通人不一样。"

我弟弟反驳我妈,说:"他什么问题都没有,就是不喜欢学语文!您看看他的数学成绩,从来都是100分!"

是的,从小家里人认为他聪明伶俐,就是因为他过人的算数能力。

小学一年级的数学没有应用题,没有太多文字,他的数学成绩就很好。到后来,他能看懂应用题,但因不会写字,数学成绩也降下来了。

在小学阶段,侄子的语文就没有及格过,数学因为不会写字,最后也成绩平平。从一年级到六年级,他的文化课成绩都是班里的倒数第一。

那时候,我们都没有意识到,这是一个教育学上的问题,叫读写障碍,又叫读写困难。根据国际读写障碍协会的定义,这是一种特定的语言障碍。

本来对孩子的未来抱着极高期待的弟弟,被侄子小学6年来的学习成绩彻底击溃了。他常常跟我们说:"孩子只要健康长大就好,大不了跟我去学电焊!"

见到侄子,大家心照不宣地不提学习和考试的事情,只无关痛痒地问他吃饱了没有、穿暖了没有。

我爸妈经常很发愁地对侄子说:"孙子,你的学习成绩这么差,将来真的就去做电焊工吗?"听了我爸妈的话,侄子也会发愁一会儿。他看起来若有所思的样子,好像在思考如何给自己找条出路。

因为成绩不好,侄子上了当地最差的初中。即使在生源如此普通的初中,他仍然平静地当着倒数第一名。国家九年义务教育结束,侄子才15岁,他该何去何从?

我爸妈跟我弟弟说:"你不会让他这么小就当电焊工吧?去找所职业学校让他学一项技能吧!"弟弟也心疼他儿子,再说要当电焊工,15岁的孩子也没人敢用。于是弟弟就跟他儿子说:"你喜欢学什么,就报个什么学吧。"

弟弟的想法是,再读3年书,他儿子就18岁了,就能跟着他学电焊了。至于上职高能不能学到本领,他已经不在意了。

但15岁的侄子已经开始思考他的未来,思考要靠什么来养活自己。思来想去,他选择了和自己喜欢的计算机相关的专业。于是,他到省城的一所职业技术学校学电子商务。

3年的职高生涯,头一年他学了一些理论知识,之后的两年,大多数时间他在大城市间辗转。因为这所职业技术学校经常组织学生去大城市的工厂或公司实习。从天津到北京，从操作工到电话客服，他跑了很多地方，干过很多岗位。实习之余，他特别喜欢上网，对动漫制作和视频剪辑产生了浓厚的兴趣。

我弟弟本来打算让侄子职高毕业后就跟他干电焊的工作，但被侄子拒绝了。侄子跟我弟弟说："爸爸，我要考大专。"当时，我弟弟真的搞不懂了，他儿子从小不好好学习，这会儿怎么愿意读书了？是浪子回头了吗？但他还是欣喜地对侄子说："只要你愿意读书，爸爸就一直供你！"

到这个时候，我们都还在误解侄子。其实，他不是不愿意读书，是读写障碍让他在学习中面临困难。而作为家长，我们都没有察觉并帮助他克服这个困难。

侄子付出了很多努力，花了半年时间补习高考内容，终于以200多分的成绩考上省里的一所大专院校。让我们想不到的是，他选择了动漫制作专业。这时，他已经对自己未来要干什么有了明确的方向。

3年的大专时光，他一边学习，一边承接视频剪辑、影视特效制作的业务。在自媒体轰轰烈烈发展的当下，他已经能够用热爱的技能赚钱养活自己了。

如今，侄子即将毕业，他的很多同学在广告公司、影视后期制作公司、动画制作公司、游戏公司等单位就业，每月有上万元的收入。这个收入真的不亚于花重金留学而后归国工作的孩子们。

侄子对我说："姑姑，我不着急工作，还是要把本科读完。我现在一点儿都不担心将来，因为在那个将来，会有我热爱的工作，有我喜欢干的事情，我看得到。"

在智能输入法和听写软件的帮助下，他不断克服自己的读写障碍，努力冲刺专升本的考试。看到他对自己热爱的专业和职业有了规划，并充满信心，全家人很是欣慰。

侄子从小文化课成绩就很差，但在成长中他发现了自己喜欢和热爱的事情。在兴趣的驱使下，他读完大专，再参加专升本考试，对自己的专业产生了进一步深造的愿望，并且乐在其中。

当我们拼命"鸡娃"，单纯用考试成绩去衡量孩子的成功与失败时，在本质上就掐灭了孩子寻找自己兴趣和爱好的火苗，切断了孩子在热爱的领域不断自发学习、深入挖掘的路径，也扼杀了孩子在兴趣爱好方面可能被激发的创新能力。

有些孩子上了大学之后才逐渐找到自己热爱的事情，蓦然回首，却发现已经浪费了很多宝贵的时光，做了很多与兴趣爱好不相干的事情。甚至有些孩子一直跟着其他同学的脚步"卷"来"卷"去，一辈子都没有用心寻找过自己热爱的事情，恍恍惚惚，一生就过去了。

我的侄子，从小在成绩上"卷"不过别人，这反倒促使他去寻找自己热爱的事情。当他为热爱的事情快乐、孜孜不倦地努力时，收入也成为副产品伴随而来。这样的一生既快乐又富足，何乐而不为呢？

我侄子受教育的路径，看起来是个案。但一个有读写障碍、学习成绩未必多好的孩子能够找到自己热爱且又能赖以生存的出路，是不是也能给我们一些教育启示呢？

（摘自《读者》2023年第17期）

解题者丘成桐

◎王京雪　吉　玲

数学家丘成桐一直在尝试攻克一道难题。

如果从2022年4月20日，清华大学宣布他受聘全职任教于清华园，同时从哈佛大学退休算起，这道题他已"全职"做了1年。

如果从他离开美国，偕夫人安家清华园算起，这道题他已专心致志地研究了3年。

如果从1979年，他首次回国做学术访问，开始在心底求解这一道题算起，他为此已工作了40余年。

这道题是，如何在中国培养出世界顶尖的数学家。

今年74岁的丘成桐，是一位兼具雄心与耐心的卓越解题者，目光一向聚焦于重要、意义深远又难解的大问题。做数学家时如此，做教育家时同样如此。

传　世

丘成桐在清华大学的办公室位于静斋二楼的走廊尽头。

这座得名于《大学》"知止而后有定，定而后能静"的古朴小楼，就在因朱自清的散文《荷塘月色》而广为人知的荷塘东边。

办公室的门总是敞开的，访客进进出出，入眼的是堆满桌子的书籍、材料。桌子一角放着血压计，地上还有一组哑铃。可以想象，丘成桐每天在这间屋子里度过多少时光。

和人们印象中一些数学家的"害羞而避世"不同，作为华人数学界的领军人物、全球最具影响力的数学家之一，近年来，丘成桐花了大量时间与公众沟通。

他写科普书，出版自传，办讲座，组织和参加与数学相关的活动。他接受了不少大大小小的采访，不厌其烦又直言不讳地回答被问了一遍又一遍的问题，多数涉及人才培养与数学教育。

"我想将中国的数学搞好，这需要打破很多现有规则。我不表达出来，就没法把我的想法传递出去。"丘成桐说，他从不为采访提前准备发言材料，"我就直接讲我的看法，有时我讲得太直接，但我讲的都是真实的话。"

"很多数学家比较害羞，不太爱讲话。"丘成桐说，"但我14岁时父亲去世，要谋生，要去外面找事做，要去闯天下。我晓得我要自立，必须靠自己完成许多事情，还轮不到我害羞。"

丘成桐的父亲丘镇英是哲学教授，小时候，丘成桐跟随他阅读中国文史典籍，练毛笔字，旁听他与学生交流。"听父亲讲那些影响后世的古希腊哲学家的故事,我希望自己也可以做出传世的学问。"

"我在数学上或有异于同侪的看法,大致上可溯源于父亲的教导。"丘成桐表示,"父亲去世后,我想人生在世,终需要做一些不朽的事吧。"

相较之下,他认为物质上的东西——吃穿用住都不怎么紧要,对他也没什么吸引力,他所追求的是比物质珍贵得多,难得得多的东西。比如,在历史上亲手刻下指向永恒的深痕。

如果要在数学家丘成桐和教育家丘成桐身上,找到最重要的共同点,那大概是这一点:他要缔造"传世"之业。这意味着,必须甘冒风险,百折不挠,挑战真正重要的难题,去啃那些"硬骨头"。

父亲的早逝是丘成桐一生的转折点。彼时本就清贫的家庭更是陷入窘境,有亲戚劝丘成桐的母亲让子女退学去养鸭子,被母亲坚决拒绝。

丘成桐加倍努力地读书,同时,靠做家教贴补家用,但他丝毫没动摇过成为大数学家的念头。"我常常感到很奇怪,为什么现在很多年轻人会怀疑自己、对自己没信心。就我而言,我从没问过自己行不行,从中学起,我觉得只要是我想做的事,就能做成。"

他读能找到的所有数学书,做书中的所有习题,找各种感兴趣的问题尝试解答,为去另一所大学听一小时课,花两小时坐火车、乘船、转公交车……勤奋的态度和对数学的热情从未改变。

后来他去了美国，还是会控制吃饭的时间，会从早到晚泡在图书馆，会驱车3小时去听一场学术讲座。

尽管被视为"天才中的天才"，丘成桐本人却并不认同天才之说。"我做东西很慢，"丘成桐说，"我从没觉得自己是天才。媒体有时会夸大数学家一些奇怪的方面，很多所谓的天才，最后并没做出了不起的成绩。"

他认为数学家要做出成果，天赋只占成功要素的三成左右，更要紧的是持之以恒的努力、耐心和对数学的兴趣。

愿 景

1979年，丘成桐应中国科学院时任副院长华罗庚的邀请，回国进行交流访问。到了北京，走出机舱，他俯下身去触摸地上的泥土。后来，丘成桐回忆："我不是一个性情中人，时时都会收摄心神，那次竟会有如此的举动，连自己也感到惊讶。"这一年，他30岁。

丘成桐在自传中写道，首次回国之旅后，"我对一个人能发挥什么作用一筹莫展。但我还是希望能竭力相助，哪怕是一丝一毫都好。只要大家共同努力、众志成城，也许有一天能有所成就，扭转乾坤"。

从此，他把推动中国数学的发展、提升中国在科学领域的声望视为自己科研之外的事业与使命。作为中国数学教育的观察者、批评者和建设者，他同中国的数学事业一道，走上一条漫漫长路。

1979年后，丘成桐每年都要回国待几个月。最初，他感觉自己能尽上一把力的就是利用休假时间多回国交流讲学，没过几年，他开始招收来自中国的留学生，希望帮助一些出色的人才获得进入世界顶尖学府做研究的机会，一如自己当年。

　　在与中国学生的多年接触中，丘成桐发现一个严重问题。"我问清华、北大的学生，你对数学的哪个方面最感兴趣？结果他们讲的几乎无一例外都是高考题目，或者奥数题。"

　　他认为，当下的中学生需要花整年整年的时间去准备中考、高考，很多人没时间读考试之外有价值的文献，问不出有趣的问题，逐渐失去了对数学的兴趣，而兴趣对一个想有所作为的数学家至关重要。如丘成桐所言，他所做的重要课题，每一项都要花5年以上，没有兴趣如何坚持？如何投入？如何屡败屡战而热诚如初？

　　为激发中学生对数学研究的兴趣，2008年，丘成桐设立"丘成桐中学数学奖"（后发展为"丘成桐中学科学奖"）。不同于一般竞赛，参赛者可自行选择感兴趣的题目，以提交研究报告的形式参赛，充分体会一把做科研的滋味。

　　留意到中国大学生数学基本功的欠缺，2010年，他又发起"丘成桐大学生数学竞赛"，全面考察参赛大学生的数学基础知识和技能。

　　为加强海内外华人数学家的联系，他还发起了ICCM（世界华人数学家大会），创办有"华人菲尔兹奖"之称、颁给45岁以下华裔青年学者的"ICCM数学奖"。

为鼓励更多女生投入数学学习，培养女性数学家，前两年，他又发起了"丘成桐女子中学生数学竞赛"……

"数学科学是所有科学的基础，没有强大的数学基础，就没有良好的科技。"丘成桐阐述发起计划的初心，"我这一辈子只有两个心愿，一个是成为大数学家，另外一个是提升祖国的数学水平。在国家的领导下，众志成城，我有信心完成这个愿景。"

水不到，渠不成

丘成桐喜欢跟年轻人在一起。"我在美国50多年，培养了70多个博士。回到中国，我还是希望培养一批年轻人，我觉得这是很大的事。"

尽管事务繁忙，可只要时间允许，每周一晚上，他会为学生们讲一个半小时的数学史。他认为一些数学家的研究方向太过狭窄，究其原因，是对数学的潮流和古今中外的学科发展不够了解。学习数学史，能够打开视野，同时，也能看到历史上伟大的数学家们是如何走出自己的路的。

丘成桐还定期带学生们游学。他们去安阳看甲骨文，去西安看兵马俑，去曲阜看孔庙……在路上切身感受各地的风土人情和历史文化。游目骋怀之余，丘成桐设立"求真游目讲座"，让学生们走进各地中小学，为孩子们做数学史讲座，既向公众科普数学知识，又锻炼学生的表达能力。

为培养未来的领军数学家，丘成桐竭尽所能，向国内全职引进数位当今学界的顶尖学者。他认为大师带给学生的不仅是学问,还有宏观视野和思考问题的高度。

时代在改变。44年前,丘成桐首次回国,虽然有心培养数学人才,但很多事情还做不到。随着国内各方面条件的成熟,丘成桐说,从二十几年前起,越来越多的人才开始愿意留在国内。近10年,特别是近5年,中国数学人才有了显著增加。

"我们现在有机会做这些事了。中国在发展,我做的事也根据发展的情形变化,水不到,渠不成。"丘成桐说。

多言多动

偶有闲暇,丘成桐将读古文当作放松,间或也会进行创作。

他为清华大学2020届毕业生写赠语:"即今国家中兴之际,有能通哲学,绍文明,寻科学真谛,导技术先河,并穷究明理,止于至善,引领世界者乎?骊歌高奏,别筵在即,谨以一联为赠——寻自然乐趣,拓万古心胸。"

2022年的夏季是首批"00后"大学生的毕业季,有媒体请丘成桐写寄语,他写下"多言多动"。

这多少有点顽皮。想当年,丘成桐刚进初中,因为爱在课堂上说话,第一学期得到的老师评语就是"多言多动",第二学期是"仍多言多动",到了第三学期才"略有改进"。

写寄语时,丘成桐解释了他所提倡的"多言多动":"'多言'是多做一些有意义的发言,'多动'是希望你们多参加一些能够增长智慧的活动。"

14岁立志成为大数学家，距今已过去60载，丘成桐依然为数学的真与美激动。那是他痴迷一生、流连忘返的世界。

"数学家追求的是永恒的真理，我们热爱的是理论和方程。它比黄金还要珍贵和真实，因为它是大自然表达自己的唯一方法；它比诗章还要华美动人，因为当真理赤裸裸地呈现时，所有颂词都变得渺小；它可以富国强兵，因为它是所有应用科学的源泉；它可以安邦定国，因为它可以规划现代社会的经络。"在丘成桐为数学家写下的"文字肖像"里，人们能够透过这位杰出数学家的眼睛，读出他对数学那具体而炽烈的爱。

丘成桐仍然有想要解决的数学问题，也仍在为此努力。"但我现在年纪大了，计算能力比不上从前了。"他坦然承认。

如今，丘成桐的绝大部分精力都已投入教育事业。在这个他同样抱持热情、耕耘了数十载的领域，为解决一些重要问题，他始终不屈不挠、乐此不疲。

"未来，我们会有一批很优秀的学生完成学业，我希望三四年后，他们中间就有人能够写成好的文章，完成重要工作。这是有可能的，我拭目以待。"丘成桐说。

要达成目标并不容易。事实上，正如丘成桐所言，"完成任何重要而有意义的工作都很困难"。但这位数学家身上最不缺乏的，或许就是解决常人认为不可能解出的大问题所必需的能力、智慧、洞察力，以及非凡的耐心与勇气。

"我研究数学时也是这样子，有意义的学问要做十年八年才能成功。所以我不怕中间有困难，我会继续做最重要的事。"丘成桐说。

（摘自《读者》2023年第16期）

最怕匆促

◎ 曾　颖

上职高的第一年，学校组织春游，目的地是 40 多公里外的新都，这对没怎么出过远门的我，无疑充满诱惑。为了不给妈妈增加负担，我连续一个多星期没吃早饭，把饭钱攒下来，交完一元五角钱的车费后，还剩八角钱。

我们坐着汽车，一路摇摇晃晃到新都，上午逛宝光寺，下午游桂湖公园。对于只有十四五岁的我们，后者的吸引力显然要大一些，说不定还可以让我们荡起双桨，像歌里唱的那样。

事实上，当时的桂湖公园，湖是一小畦水，桂花尚未盛开，公园里只有一些旧房子。大家转一圈，便觉兴味索然。只有语文老师黄仁文一路兴趣盎然，一副楹联、一块牌匾、一丛花草、一棵老树或一块奇石，都不肯放过，且走且吟，一脸惬意，仿佛所见都是久别的老友。

那时，黄老师刚教我们不久，但他身上那股掩盖不住的潇洒又儒雅的气质，深深吸引着我。不知不觉间，我就跟在他身后了。他起初是自顾自地诵读，后来开始给我讲解，哪一副对联是郭沫若题的，上下联里嵌着"桂湖"两个字；哪一句话又和哪一部古典名著有关。还说到"青山依旧在，几度夕阳红"，之前我在读言情小说时见过这句词，一直以为作者是琼瑶，殊不知，原来还与这座房子的主人杨升庵有关。杨升庵这个名字，从此进入我的视野。

关于杨升庵，黄老师给我讲了一个猫市巷的故事。传说当年杨升庵遇祸遭贬，他对皇帝说："万岁，您把我发配到哪里都可以，唯独不要把我送回新都老家，我家隔壁有一条巷子，叫猫市巷，那里有很多猫屎，我最怕闻那个味道。"

他以为皇帝会因为讨厌他，将他送到他不想去的地方，从而达到回老家的目的。但皇帝看穿了他的小心思，直接将他派去云南。

这当然是无可稽考的故事演绎，距历史事实很远，但距青少年的兴趣很近。黄老师给我讲的许多关于杨升庵的真实故事，我都淡忘了，唯独记得这一个，历经39年，它依然清晰如昨。

不知不觉间，我们就和大队伍分开了。没有嬉闹追逐，公园显得异常宁静，阳光灿烂且有一点儿小风，既明亮又不燥热。黄老师说话时语调沉稳，完全不像平时上课那般嘹亮激昂。此时此刻，在这片被花树和传说包围的小小世界，只有我们这一老一少，小桥流水式的言语，更贴切，也更应景。那天午饭，黄老师带的是师母做的卤肉夹馍，他硬分了一多半给我，使我省下几角钱。他让我买了一盒新都特产桂花姜糖带回家，我和爸爸妈妈弟弟一道，吃得满心欢喜。我将此归功于黄老师。

之后的作文课，我写了桂湖。同学们感叹："我们去的难道不是一个地方？"而黄老师在念完我的作文之后说："这世间万物，最怕匆促，一旦匆促，就失去了洞察和感知美好的能力，即使有美景在侧，也失去了欣赏的能力。旅游如此，人生亦是如此。"这句话影响了我大半生。

（摘自《读者》2023年第19期）

藏在闲话里的"我爱你"

◎甘　北

1

20世纪90年代初，电话还没有普及。那时人们打每一通电话，都要经过深思熟虑。每天攒一两句想说的话，攒够一个月，挑一个手头阔绰的下午，去小卖铺或者有电话的朋友家，赶集似的掐着点儿在59秒内把重点讲完。

直到现在，我还时常记起爸爸给远在老家的奶奶打电话时的样子，他们总是讲着雷同的话题："在外很好，不用牵挂。""发工资了，给您邮生活费。""家里的稻谷，长得好吗？"

"家里的稻谷，长得好吗？"或许，这就是一个远在他乡的游子，对母亲诉说思念的一种方式。

在我的记忆中，爸爸和奶奶从未说过煽情的话。那个年代的人,似乎天生不懂得抒情,他们的话题永远局限在事务性的汇报上:发工资了没,发了多少;给家里邮钱没,邮了多少……更何况,奶奶并不是一个擅于表达的人。一个中年丧夫的女人,独自抚养4个幼子,生活早就把她的情感磨得粗粝,哪儿还有那么多精力来表达爱。她最在乎的,是怎样让她的孩子们活下去。

孩子们为了讨生活,早早地出远门打工。岁月的严苛,同样赋予他们一张不苟言笑的脸。从小到大,我都畏惧爸爸——他永远对我有着极高的要求。别的孩子还穿着开裆裤踢毽子,我就被他拎到房间,抄写一页页密密麻麻的生字。直到抄得手腕都酸了,才勉强得到爸爸的肯定:"今天还不错。"随即他挥了挥那双满是老茧和倒刺的手,说:"别怪爸爸心狠,你若现在不努力,以后多的是苦吃……"

那时我还太小,既不明白那句"家里的稻谷,长得好吗",也不明白这句"别怪爸爸心狠"。人生在世的不得已,以及世间最深厚的父女之情,我通通一无所知。

2

多年后,爸爸的通话对象从奶奶变成了我。

那时奶奶已经去世,我如愿考上大学。2008年,去广州上学的前一个晚上,爸爸很郑重地送了我一部手机,让我把电话号码存到他的通讯录里。

那是我第一次离家。9月,傍晚的广州雷雨大作,寝室里只有我和一个潮汕姑娘。潮汕姑娘家来了很多人——爸爸、妈妈,乃至叔伯表亲，他们不惜长途跋涉也要送她上学。所以她不是很理解，为什么我只是接了个电话就会哭得难以自抑——我听见爸爸在那头说："是爸爸不好，没能送你去上学……"

因为家庭条件所限，爸爸不得不忙于生计，即便是我上大学这样的大事，他也没法抽出空来。我是一个人南下的，扛着一个大大的行李箱，还有一大桶生活用品。

爸爸一直在电话那头道歉："你一上车，我和你妈妈就后悔了，再怎么难，都该送你去学校的……"说着说着，一向强硬的爸爸，竟也哽咽了。

直到那一刻，我才读懂了爸爸的柔软和深情。他从未说过爱我，但无时无刻不在用自己的方式爱我。那些在房间里抄书，抄到眼泪吧嗒吧嗒掉在纸上的夜晚，他多想抱住他的女儿，告诉她不必那么辛苦。可是他不能说，他一旦说了，他的妮子往后要吃的苦，就数不尽了。

他下过矿井，做过石匠，扛过麻包袋，咬着牙、拼了命才支撑起一个家，勉强供孩子上学读书……这种苦，他吃过一次，还要让孩子再吃一次吗？

那个夜晚，爸爸担心我一个人害怕，便一直不肯挂断电话，他跟我闲聊了很久：学校大吗，寝室有热水吗，同学们热情吗，饭堂的菜好吃吗……没有一句话提到"爱"，但很庆幸，18岁那一年，我终于读懂了这些质朴语句背后的每一个"爱"字。

我还在那个夜晚没来由地想起了奶奶。她的孩子们从十来岁开始，就跨越几百公里从湖南去广东打工，当她目睹孩子们背着行囊走远，是否也怀着和爸爸对我一样的内疚："再怎么难，都该去送送你的……"

于是，我竭力从记忆的碎片中寻找更多蛛丝马迹，终于记起一个被忽略的细节——那时，奶奶家是没有电话的。她和爸爸约定，爸爸每个月在固定时间给村头的小卖铺打电话，到了那一天，奶奶便放下手中的农活儿，早早地去电话边守着。

那么多年，风吹日晒，奶奶竟从未失约——她未曾说过一句关于思念的话，但她十年如一日地在等一通电话，一通来自她小儿子的电话。

3

"家里的稻谷，长得好吗？"多年以后，这句话所蕴藏的饱满情绪，才渐次在我面前释放、舒展。

因为我也成了一个在外打拼的孩子。我给爸妈的电话里，报的永远是平安和如意。"我毕业了。""我找到工作了。""我发工资了。""领导们都对我很好，生活上也没什么难事。"……直到最后，我才长舒一口气问道："爸妈，你们身体好吗？"所有的牵挂，悉数藏在这样一句云淡风轻的问候中。我们都学会了成年人的"点到为止"，把想念和祝福浅浅埋藏起来。

2010年，我第一次失恋，刚想故作坚强，就被妈妈听出了端倪，她在电话那头着急地说："你别哭呀，要不妈妈现在坐车去陪你……"

2012年，我第一次带男友回家，爸妈兴奋地直问："他喜欢吃什么，红烧肉行吗？排骨呢？还要准备些什么？"

2015年，领结婚证那天，我在民政局门口给家里打电话，爸妈在电话那头说不出是欣喜还是失落，只是喃喃自语似的："就这样……这就嫁出去了吗？"

2016年，我的孩子出生那天，报喜的电话刚刚接通，我还没来得及开口，就听到爸爸嚷嚷起来："生了吗？你怎么样？疼不疼？"人生的所有悲欢喜乐，都藏在几句简短的问候中。

你要经历许多岁月的洗礼，才可窥得爱的密码，剥开表面朴实无华的装饰，看穿那底下深藏的、热辣滚烫的思念和爱。

（摘自《读者》2023年第5期）

最美的月亮

◎王梦影

国家科技进步奖揭晓，数学家许晨阳位列其中，引发了普罗大众对数学之美的热烈探讨。

作为一个文科生，我对数学魅力的全部理解来自一位好朋友。她给我讲过一个关于月亮的故事，"你这辈子可能见过的最美的月亮"。

讲故事的时候，她在南京大学数学系读书。她说一个极有造诣的师兄研究一个问题，遇到瓶颈，日夜思索。有一夜他在操场一圈圈走着，脑内的齿轮"咔咔"运转。也不知过了多久，他竟有顿悟，仰头看见一轮圆月。四下无人，世界清明一片。

我这位朋友那时过得并不轻松，一天到晚趴在一堆稿纸上，累极了就看看头顶那盏两头有点发黑的日光灯。她开玩笑说，主修代数是因为实在不想计算了，哪知道要算得更多。

她很喜欢开玩笑。我问她在研究什么，她总会把话题绕到数学家们耸人听闻的八卦段子上，譬如某某在学生的葬礼上做演算。一起吃饭的时候她会捻起餐巾纸，揉来揉去给我演示不同维度上的拓扑结构。

许多年来，她一直在吐槽自己的专业，也在吐槽中一路从本科念到博士。只有一次，我照常嘲笑她干吗折磨自己时，她说："当然是喜欢数学啊，不喜欢为什么要学啊。"

毕业之后，她从事了和数学无关的工作，很快自己攒够钱买了房，生活稳定幸福。她告诉我，自己始终没有见过师兄所说的月亮，不知道那是怎样的感觉。"我可能真的缺点才华。"她说。

这句话，我后来也听不同的人说过。在我眼里，他们非常优秀，我一度觉得那是精英矫情、谦虚的托词，后来阅历渐长，才慢慢咂摸出这句话里的苦味。

学海无涯，上下求索，有太多人的才华能助他们越过平庸，看见通向卓越的大道。这是大幸也是不幸，因为往后的每一段路都举步维艰。有人说，科学是一扇窄门。不是所有喜欢数学的人最终都能成为许晨阳。

一位社会学博士后和我感慨，看到"大牛"发表文章，高屋建瓴、流光溢彩，让他恨不得把自己苦苦做了3年的论文一把火烧了。研究天文的姑娘正在挣扎着争取固定的研究职位，她在雨声里叹息："我不确定我有没有资格，只是不想放弃。"一位师姐说自己离校前最后一次去图书馆，"咔嗒"拉灭了桌上那盏绿色台灯。"对不起啊，我只能到这里了。"她对沉默的灯说。他们比同龄人要努力聪明。他们很好，但还不够好。

上个月看电影，影片中李白醉卧太液池边，念着自己的诗句哭了。他说自己的诗里不是某个具体的人，"那就俗了"，哪怕那个人真的倾国倾城。他书写不存于凡世的极致之美，并因此感动落泪。那才是"云想衣裳花想容，春风拂槛露华浓"。

或许正因为从未得见，那美才能算是极致吧。

后来我做科学报道，常常想起朋友故事里的月亮。这甚至逐渐成为我的一个套路，在描述人类智慧的极致、探索的边界时，总忍不住幻想一种平静的大美，"影自娟娟魄自寒"。

有个朋友警告我：对前沿科学尤其是冷门科学的浪漫化，其实是一种一厢情愿。实际上，我把我无法理解的扎实工作，幻想成了无限缥缈的景色。"你以为大科学家都在修禅吗？"他怒斥。

我有幸见过一些顶尖研究者。他们也焦虑，也脆弱，有时也怀疑自己，熬夜时也掉头发，争基金时也上火嘴角起泡。他们中有很多天才，但天才也是人。

我从来都知道，那月色不靠谱。那个故事转了几遍，师兄已面目不清，所研究的问题有好几个版本。好友甚至不太确定故事的真实性——"或许是有人做题做得晕头晕脑，随意编造的。"

我只是没办法控制自己，我没见过那扇窄门后的世界，却一遍遍在脑海中补完门后那轮没人见过的月亮。

我忍不住想，红尘阔大，那些得以行至窄门口，却很久不得入内的年轻人现在在干什么？他们会不甘心吗？自己这样聪明，本该坚持下去再往前走一段。他们庆幸吗？拥抱了没那么完美的自己。

他们记不记得少年时曾经那么热烈地迷恋一门学问,想要究其奥秘?

或许那轮月亮只能属于他们,那些一生未得见月色的人。

(摘自《读者》2018年第11期)

你说实话，我不生气

◎孙道荣

问过一群学生："当妈妈说什么话的时候，你觉得最恐怖？"几乎一致的回答是："妈妈要求或命令我们说实话的时候。"

为了让我们说出实话，妈妈总是先动之以情、晓之以理，然后心平气和、和颜悦色地对我们说："你说实话，我不生气。"

小时候，考试考砸了，惴惴不安地回到家，妈妈从你脸上的表情，大致已经看出了端倪。不过，她还是不甘心，希望自己的判断是错误的。她故作和悦地说："你说实话，到底考得怎样？我不生气。"

小心翼翼地拿出了考卷，递给妈妈，眼神里满是张皇。妈妈接过试卷，一行行看下去，脸色越来越难看，呼吸越来越急促，像一只不断充气的气球，不可避免地爆炸了："这么简单的题目，你怎么都不会做？我告诉你多少次了，怎么还是记不住？你长脑子是干啥的？"

一顿臭骂。如果这时候你反问她，"你不是答应不生气吗"，这就像一颗愤怒的子弹，没打着对方，反被击了回来，眼看就要打中自己。这场面真是尴尬。永远不要小瞧妈妈的智慧，她总是有办法对付各种局面。她理直气壮地吼道："没错，我答应不生你的气！我是生我自己的气！怎么生出你这样笨的孩子！"

随着年龄渐长，我们的秘密也越来越多，这让妈妈既好奇又焦虑，她希望掌握更多。她旁敲侧击地问："你是不是喜欢上了你们班的某某？你说实话，我不生气，我不骂你。"

这个某某，是你日记里的主角。你没想到，妈妈竟然对你的心思这么了解。感动之下，你和盘托出了内心深处的小秘密。妈妈听着听着，脸色由红而白，由白而紫，终于不可遏止地爆发了："你才多大，就想啊爱啊恨啊，羞不羞？臊不臊？"你又一次忘了，妈妈的"你说实话，我不生气"，多半是不算数的。

我们长大了，独立了。我们不常回家，也不常见到妈妈了。春节回家，妈妈望着我们空荡荡的身后，拉住我们，边说边叹气："跟你差不多大的，都做爹妈了。你怎么一点儿也不着急？到底是为什么还没处上对象？你跟妈说实话，我不生气，我不怪你。"我们解释了一大堆，可很显然，妈妈不愿听，也听不进去，她想要的结果其实只有一个：把另一半带回来。

从小到大，妈妈的"你说实话"如影随形。是我们假话说得太多吗？不是。是妈妈对我们的话总是不信任吗？也不是。就像放风筝，既希望它飞得更高，又总是担心它断线。

妈妈老了。那天，我陪着她从医院走出来，她瞅着诊断书叹一口气，问："你说实话，我的病是不是治不好了？"顿了顿，她平静地说，"你放心，我不会倒下，我能受得了。"

可是，妈妈，请原谅我对你说了那么多实话，一次次惹你生气，但这一次，我没有对你说实话，虽然明知道谎言并不能留住你。多么希望你还能像以往一样，为此而生气，怒发冲冠，大声地、有力地说出："不！"

（摘自《读者》2018年第8期）

顺势而变

◎香　帅

2022年，有一个关键词——转岗。那么，在转行、转岗的时候，怎样才能提高胜率呢？

讲一个真实的故事。故事的主人公叫小马。2009年，小马以高分从甘肃考入哈尔滨工业大学，选的是当时热门的土木工程专业。

2009年是什么年份？"4万亿元刺激计划"刚推出不久，房地产行业如火如荼，土木工程专业正处在"高光时刻"。当时为了考上这个专业，很多孩子甚至放弃了去更大的城市。我记得身边有个孩子高考考了620多分，完全可以去北京、上海的"211工程"重点建设大学，结果为了学土木工程专业，他选择了位于成都的西南交通大学。

小马是自学能力很强的人，本硕连读，毕业步入社会时，已经是 2016 年。2016 年是中国房地产行业的一个拐点，国家提出"房住不炒"的理念，地产行业的增速已经有明显下行的趋势。

小马意识到房地产行业处在下行通道，作为新人，不应该顺坡滑。但是，他该去哪里呢？去上行赛道。2016 年最火的是什么公司呢？互联网公司。这是互联网新概念层出不穷的一年，互联网大厂绝对是求职人心中的"华山之巅"。也正是这一年，信息传输、软件和信息技术服务业以 122478 元的年均工资首次超过银行业，程序员已经站在收入金字塔的顶端。

小马隐隐感到这才是未来，应该朝这个方向走。但他是土木工程出身，专业不对口，怎么办呢？他权衡再三，觉得自己有理工科背景，本来就有一定的编程基础，于是决定自学人工智能编程软件，考取相关证书，转专业。那时正逢人工智能岗位供不应求，小马顺利进入上海的一家人工智能独角兽公司。他一边工作，一边学习，用了两年时间，正式转型成一位专业的人工智能工程师。

2018 年，小马发现了新问题。现在人人都意识到要"学好软件编程，走上成功之路"，那么，自己的竞争优势在哪里呢？难道要等到 35 岁之后，还和年轻小伙拼体力吗？

小马明白不能坐以待毙，要趁年轻找到自己的职业势能。经过深思熟虑，他认为，自己不能算最顶尖的人工智能工程师，但如果把智能算法当作工具，辅助自己在垂直领域发力，服务于具体的事情，那自己就又有了优势。那么，什么是具体的事情呢？

金融是不会过时的行业。不管是房地产，还是互联网，或者高端制造业，都离不开金融服务的加持，而人工智能恰好是金融服务升级转型的抓手。

就这样，小马的自学之路又开始了。他购买各种金融书籍，考取相关证书。

积跬步以至千里，2022年，30岁的小马已经是一家医药咨询公司的部门负责人，他的人生方向也越来越清晰——利用编程能力做金融数据分析。

从24岁到30岁，小马走过的路告诉我们：转行的第一原则，就是顺着自己的技能优势，迁移到与技能相近但趋势向上的行业或者岗位。

（摘自《读者》2023年第17期）